콜트스트링의
겨울

콜트스트링의 겨울

이상실 소설집

도서
출판 바람꽃

차례

버킷리스트 1- 팔문적

준서는 그 섬에 갈 거라고 아내에게 말했다. 듣도 보도 못한 섬이었다. 아내는 목적지가 뚜렷하면 가라고 했다. 준서가 가려는 섬은 소설 속의 섬이었다. 그런 섬이 정말 있을까. 인터넷 포털 사이트를 열었다. 검색창에 '신의 선물, 풀잎과 난초의 섬'을 쓰고 검색을 했다. 그런 섬은 존재하지 않았다. 검색어를 확 줄였다. 신선풀난 섬. 그것도 없었다. '신풀섬' '신난섬'으로 연이어 쳤다. 고유어와 한자어가 어울리지 않은 탓일까. 없었다. 완벽한 한자어로 바꾸어 마우스를 눌렀다. 신선초란도, 신초도, 신란도. 인터넷도 모른다고 했다. '풀난도'는 있을까. 검색창에 올렸다. 모두 진짜가 아니었다. '풀난도'를 '초란도'로 바꾸고 들어갔다. 나왔다. 있었다. 존재하는 섬이었다.

초란도, 동경 126°10′ 북위 34°53′

　신안군 당사도 인근에 있는 섬이었다. 삼백육십 년 전 나주 임씨 어부가 정착하면서 사람이 사는 섬이 되었다고 알려주었다.

　소설 속에 존재하는 섬. '신의 선물, 풀잎과 난초의 섬'이 '초란도'라고 확신할 수 없었지만 이 섬이 틀림없을 것 같았다.

　창밖은 어두웠다. 준서는 부재중인 수하의 방으로 들어갔다. 창문을 열었다. 목련나무 잎이 횡횡횡⋯⋯ 바람에 떨었다. 문을 닫았다. 책상 아래로 들여놓은 의자를 빼고 앉았다.

　수하에게 연락이 왔을까.

　휴대폰을 꺼내 문자 보관함을 열었다. 아래쪽을 훑었다. 수하가 보낸 문자는 없었다. 갈무리했던 화면을 다시 꺼내보았다. 약 사 년 전 사월 십육일 오전 아홉 시 삼십이 분, '코리안페리호'에서 보낸 카톡이었다.

　'나 가야 엄 아 드'

　수하가 남긴 마지막 문자였다. 수하에게 전화를 걸었다. 받

지 않았다. 휴대폰이 꺼져 있다는 기계음이 울렸다. 수하의 책
꽂이에 눈을 주었다.

확률과 통계, 미분과 적분, 문학, 고전문학, 독해, 문학노트,
씹어 먹는 수능 영단어, 고2를 위한 문제집……'

문학노트를 뺐다. 수하의 필기노트였다.

청산에 살어리랏다

바다에 살어리랏다

청산과 바다는 이상 세계, 살고 싶다.

고개를 들었다.

청산, 바다, 거기서 살고 싶다? 그러고 싶었을까. 수하도 배
를 타고 떠났을까. 청산으로 바다로, 이젠 못 올까,

수하는 목련이 필 때 집을 떠났다. 천이백 번도 넘게 지샌
밤이 가고 창 아래 담장을 타고 장미꽃이 흐늘거리는 오늘 수
하는 곁에 없다. 등 뒤에서 소리가 났다.

"어, 수하야!"

뒤를 돌아보았다. 수하는 없었다. 안방으로 뛰었다. 화장실

로 머리를 들이밀었다. 거실을 두리번거렸다. 아무도 없었다. 베란다 문을 열고 수하를 불렀다. 창문을 흔드는 바람소리뿐이었다. 현관문에서 띡띡띡띡띡띡 소리가 났다. 현관으로 내달렸다.

"수하야!"

문이 열렸다. 아내였다. 아내의 손에는 케이크가 들려 있었다. 아내는 고개를 늘어뜨렸다. '일베스' 때문일까. 아내는 거실 바닥에 발을 딛기가 무섭게 주저앉았다. 오늘도 일베스를 잡지 못했다고 말했다. 아내는 모로 누웠다.

준서는 베란다 문틈으로 머리를 내밀었다. 가로등 불빛이 희미하게 내렸다. 목련 잎을 흔드는 바람소리는 여전했다. 발짝 소리가 났다. 내딛는 소리는 더 크고 둔탁하게 다가왔다. 그 소리 때문일까. 누워 있던 아내가 몸을 벌떡 일으키며 현관 쪽으로 달렸다.

"온다, 수하다!"

아내가 소리쳤다. 준서도 현관으로 갔다.

"수하야!"

자물통 누르는 소리가 났다. 함께 불렀다.

"수하야!"

문이 열렸다. 동하였다. 불청객을 대하듯 부부는 등을 돌렸다. 동하는 머리를 숙였다.

"또 누나야?"

준서가 등을 돌린 채 말했다.

"누나 안 보고 싶어?"

"나도 정말 한 번이라도 보고 싶어. 근데 누나는 죽었다고 사람들이 그랬어. 그래서 누나도 없는, 누나 같지 않은 누나의 장례를 치렀잖아."

아내가 동하에게 역정을 냈다.

"아니야! 방금 내가 꿈을 꿨는데 누나가 올 거라고 말했어. 오늘 밤엔 올 거야."

아내는 수하의 방과 안방, 거실의 창문을 활짝 열었다. 수하의 소리가 들릴 거라고 했다. 아내는 밤이 이슥하도록 현관문을 열고 수하를 부르며 맨발로 마중 나갔다가 어깨를 늘어뜨리며 들어오곤 했다. 아내가 두리기상을 마루에 폈다. 상 위에 케이크를 얹었다. 아내는 준서와 동하를 두리기상에 앉혔다. 촛불을 켜며 중얼거렸다.

"수하야, 내 딸아. 꿈에 너를 봤단다. 나를 봤잖아? 내 품에 안겨 사랑한다고, 생일 때 올 거라고. 오늘 니 생일인데……."

아내의 입술이 떨렸다. 시계 침이 자정을 가리킬 때까지 아무도 촛불을 끄지 않았다. 아내는 케이크를 들고 수하의 방으로 갔다. 문틈으로 케이크를 들어올렸다. 허공에 대고 외쳤다.

"불어라, 수하야. 촛불을 불어라. 불어라 바람아. 촛불을 불어라. 수하가 온다. 바람 타고 온다. 목련 꽃 지고 장미꽃이 피었네. 꽃바람 분다. 불어라 바람아. 수하야 불어라. 불어. 후후 불어라!"

바람이 불었다. 촛불이 꺼졌다. 아내는 불 꺼진 케이크를 책상에 내려놓고 방바닥에 주저앉았다. 방에 걸린 시계 침이 수하의 생일을 어제로 밀어냈다.

안개가 걷혔다. 이제는 가야 한다. 수하가 건넌 바다, 서녘의 해안 따라 물결을 가르며 남으로 가야 한다. 배를 탔다. 준서가 탄 배는 수하가 떠간 물길을 따라 남행했다. 배가 어둠 속 먼 바다에서 넓고 깊은 물살을 가르고 있을 때, 수하는 무얼 하고 있었을까. 망망한 남녘의 바다로 향할 때, 시간을 밀

14

어낼 때마다 어디에 머물렀을까. 객실일까. 갑판일까.

수학여행길에 오른 날, 밤 아홉 시에 수하는 안개가 걷혔으므로 배에 올랐고, 배가 닻을 올리고 남쪽으로 간다고 알려왔다. 한밤에 변산반도를 지나면서 수하는 카톡을 보냈었다.

"아빠도 그 소설 읽어봤지? 91쪽에 이런 내용이 있더라. '나, 남으로 가리. 그 섬에 가리. 그 섬의 '팔문적'을 찾으리.' ㅎㅎ. 수하의 버킷리스트 1 - 그 섬의 '팔문적'을 찾는 것 ㅋㅋ."

수하도 읽었다는 소설을 꺼냈다. 91쪽을 폈다. 준서의 눈이 넷째 줄에 머물렀다. 있었다. 남으로 간다고. 그 섬에 간다고. 그 섬의 '팔문적'을 찾으리라고. 이어지는 내용을 읽었다. "신의 선물, 풀잎과 난초의 섬, 그 섬에서 팔문적을 둘러싼……." 결국 작품의 주인공은 팔문적을 찾지 못하고 돌아온다는 내용이었다.

그럼에도 수하는 죽기 전 이루고 싶은 "'버킷리스트 1 - 그 섬의 팔문적' 찾기 ㅋㅋ"라니. 수하가 '버킷리스트 1'을 위해 떠난 게 아니라는 건 알고 있었지만 그 섬을 에둘러 가는 배, '코리안페리호'. 수하는 그 배에 올랐다. 수학여행지인 제주도에 정박하면 사흘 후, 그 수로를 따라 취항지인 인천에 도착할

배였다. 그러나 코리안페리호는 삼 년이 흘렀는데도 귀항하지 않았다. 바다에 침몰되고 말았다. 승객들 중 일부는 스스로 탈출해서 살았고 대다수는 수장되거나 실종되고 말았다. 수하는 실종자였다. 삼 년이 넘도록 돌아오지 않았다. 돌아올 것 같지도 않다. 수하는 없는데 액자 안의 수하를 국화로 감싸며 장례를 치렀다. 명명된 수하의 관에 그리움으로 얼룩진 내용의 편지와 노란리본과 국화, 수하의 머리카락과 수하의 유품을 집어넣고 떠나보냈다.

수하의 수학여행길 수로를 따라 흐르는 길은 밤길이다. 배가 밤 속으로 빠져든다. 물빛이 시든 바다, 검고 음울한 바다, 눈을 떠도 동공에 수하는 없다. 눈을 감으면 눈꺼풀에 갇혀, 보이는 것들은 사라지고 수하만이 눈 속에 있다. 눈꺼풀이 열리면 수하는 또 없다. 소리뿐이다. 어둠으로 그을린 섬과 섬, 그 목을 따라 흐르는 배 위로 음울한 소리가 아프도록 흐르고 흐른다. 심연에서 절규하는 수하의 소리일까. 구조를 바라는 수하의 처절한 소리일까. 준서는 수하를 불렀다.

수하야! 아빠 왔다, 수하야!

마을길 담장에 볕이 제법 강해질 무렵, 준서는 아내에게 전화를 걸었다. 아내는 오늘 광화문으로 간다고 했다. 코리안페리호의 침몰과 수하의 실종에 악성댓글을 단 일베스라는 작자가 위령제가 열리는 광화문에서 시위를 한다는데 오늘은 그를 색출해서 요절을 내고야 말겠단다. 놈인지 년인지는 알 수 없다고 했다.

아내와 통화를 끝낸 준서는 담장에 도로명판이 나붙은 '초란향길 1'의 집 안을 기웃거렸다. 감나무가 있는 집이었다. 안으로 들어갔다. 마당에서 두리번대다가 헛기침을 두어 번 내지른 후 집 안에 대고 말했다.

"오 영감님 계십니까?"

몇 번 더 불렀다. 준서의 호명이 멈추고도 한참이나 지났을 때 봉창문이 열렸다. 열린 문틈으로 팔순은 넘어 보이는 노인이 얼굴을 내밀었다. 오 영감일까. 소설 속에 등장하는 오 영감의 모습과 흡사했다. 흰 곱슬머리와 짙은 눈썹, 작은 눈, 오똑한 콧날, 닫힌 입술이 그랬다.

"아침부터 누군디 나를 부르요…… 누구요?"

노인은 밖으로 머리를 빼죽 내밀었다.

"저 실례지만……"

노인이 준서의 말을 끊었다.

"아, 시방, 긍께, 나쁘닥 한 번도 못 본 사람이 내 성을 알고 나를 부른 거 본께 또 거시기한 양반이 고런 뭐시기로 우리 집에 와서 나를 찾는다 그 말이제라우. 알겠소. 인자 알았응께. 그만 가보씨요 이."

오 영감은 봉창문을 닫았다. 오 영감이 시야에서 사라지자 준서는 토방에 올라 오 영감을 불러댔다. 그러고는 마루에 걸터앉아 기척을 내며 문이 열리기만을 기다렸다. 오 영감의 짜증 어린 목소리가 새어 나왔다.

"그랑께 나는 고런 거시기한 건 듣도 보도 못한 것잉께 날래 돌아가씨요 이."

준서가 방문한 목적을 말하지 않았는데도 상대방을 읽는 비상한 재주를 지녔는지는 알 수 없었지만 준서에 대한 오 영감의 직감은 틀리지 않았다.

마당의 감나무 그림자가 점점 작아졌다. 그늘보다 햇빛이 더 넓게 자리를 차지했다. 지루한 시간이 흘렀지만 준서는 밭은기침을 뱉으며 입을 다물었다. 봉창문이 여닫혔다. 다시 또 열렸다.

"팔문적!"

준서를 부르는 소리였다. 준서는 봉창문 쪽의 토방으로 뛰었다.

"예, 팔문적의 행방을 아시나요?"

"허허, 또 참. 초란향길을 따라서 이백 미터쯤 가보써요. 그라고 다시 오른쪽 구릉지로 이십 미터쯤 가써요. 그라면 팔문적을 찾을 수 있을지 모르겠소."

오 영감이 문을 닫았다. 팔문적의 존재여부에 관해 오 영감이 일러준 곳은 소설 속 지리적 위치와 다르지 않았다. 준서는 팔문적을 찾아 나섰다. 초란향길을 걸었다. 길섶에는 이름 모를 풀과 꽃이 즐비했다. 길을 따라 이백 미터 가량 걸었다. 구릉지로 가는 오르막길이 있었다. 황톳길이었다. 타이어 자국과 궤도 자국, 발자국이 이어졌다. 오르막길로 걸었다. 걸음을 멈췄다. 금줄이 앞을 가로 막았다. 금줄에는 경고문이 붙어 있었다. '위험, 진입금지'. 더 이상 오를 수 없었다. 경고문 때문만은 아니었다. 한 발짝이라도 내딛는다면 깊은 땅속으로 빠져들 것만 같았다. 함몰된 땅이 눈앞에 보였다. 아래를 보았다. 어지러웠다. 구덩이 속 저편에는 풀이 돋아 있었고 발아래는 황토와 돌이었다. 오 영감이 말했던 곳이 이곳일까. 구덩이 옆도 함몰지였다. 문화재 발굴단의 굴착이었는지는 알 수 없지만 사각 모양의 홀도 있었다. 발굴 작업이 틀림없을 터였다. 팔문적 때문이었을까. 거대한 장비와 많은 인력을 투입하고도 발굴하지 못했을 팔문적.

굴착기는커녕 제 몸 하나 건사하기도 힘에 부친 준서에게는 초장부터 풀이 죽을 수밖에 없었다. 팔문적. 준서는 그것의 정체를 헤아릴 수 없었다. '팔'은 어깨와 손목 사이의 팔일까. 칠보다 크고 구보다 작은 자연수일까. 일부터 팔일까. 단지 여덟 번째일까. 또 어떤 '팔'일까. '문'은 드나들거나 차단하는 문門인지, 그것이 그래서 현저동의 독립문 같은지, 저택의 대문만한지, 여염집 담벼락 문설주에 붙어서 삐걱거리는 문 같은 문인지, 울타리의 수숫대 문인지, 보이거나 보이지 않는 통과해야 할 관문인지 아니면 그런 문이나 어떤 곳에 새긴 무늬의 문紋? 글 문文? 성씨의 문? 들을 문聞? 묻는 문問? 하늘에 뜬 달의 문moon인지. '적'은 또 뭘까. 당장 떠오르지 않았다.

구릉은 온통 구덩이였다. 금줄 밖에도 분화구처럼 솟거나 함몰된 땅이 곳곳에 있었다. 준서의 발 옆에도 깊거나 얕은 구덩이 일색이었다. 여태껏 팔문적을 발굴한 자가 없었을 성싶었다. 준서는 뒤돌아서서 먼 곳을 보았다. 하늘이, 바다가, 섬이 한눈에 들어왔다. 하늘은 희고 파랗고 맑았다.

팔문적의 '적'은 흴 적的일까, 섬을 보았다. 섬 위에 섬이 있었고 섬 너머에도 섬이 있었다. 섬 옆도 섬이었다. 겹겹이 쌓여 있었다. 쌓다 적積? 지금은 알 수 없는 팔문적의 '팔문'이 쌓인 걸까. 문서일까. 그러면 책? 그것의 적籍? 아니면 붉은 색채의 팔문일까. 그래서 붉은 적赤? 알 수 없다.

팔문적. 지금까지 상상한 '팔'과 '문'과 '적' 이 모든 기호와 의미의 음절들로 짜 맞춘다면 경우의 수는 넘쳐날 것 같았다. 경우의 수가 적중해 팔문적의 정체를 파악할지라도 그것이 땅속 어딘가에 묻혔는지 나뭇가지에 있는지 풀잎 사이에 존재하는지 나무와 풀 사이인지 바닷가 몽돌밭에 깔렸는지 이 순간만큼은 존재의 공간이 막막할 따름이었다. 등 뒤에서 땅을 헤집었던 수많은 사람들은 팔문적의 정체를 알고 있거나 적어도 이곳 어딘가에 존재할 거라는 확신에 찬 행위였음이 분명해 보였다.

준서는 오 영감의 집으로 갔다. 문은 또 닫혀 있었다. 토방 마루에 앉았다.

"오 영감님."

봉창문이 지체 없이 열렸다.

"팔문적을 찾았는가?"

준서는 머리를 저었다. 오 영감은 팔문적을 찾으려면 땅을 파야 할지도, 앞 바다 옆 바다 먼 바다에서 잠수해야 할지도, 해오라기처럼 하늘을 훨훨 날아서 사방을 두리번대야 할지도 모르는 일인데, 그중 한 가지라도 해보려고 준비한 연장은 가져왔느냐고 물었다. 준서는 머리를 흔들었다. 오 영감은 팔문적에 대해 아는 바를 준서에게 물었다. 준서의 입술은 꿈틀거릴 뿐이었다.

"허허허……."

오 영감은 먼 산을 바라보며 웃었다. 웃음을 그친 오 영감은 다른 사람들은 팔문적에 대해 공부도 해오고 섬도 한 바퀴 돌아보고 날아가는 해오라기 똥구멍도 쳐다보고 초란마을의 빈 집도 털고 그럴 듯하게 생긴 물건을 가져와서 진짠지 가짠지 감정도 받고 호미를 챙겨와서 땅도 파보는데, 그래도 못 찾는

데, 당신은 팔문적이 약속된 장소에 돌멩이 하나 손으로 까딱
해서 걷어내면 나오는 아이들 소풍 때 보물찾기인 줄 아느냐,
무슨 똥배짱으로 빈 몸뚱이만 끌고 왔느냐며 질책을 했다. 그
러면서 오 영감은 준서를 노려보았다. 오 영감의 눈은 준서의
관상이라도 보는 양 머리와 이마와 눈썹과 미간에 머무르는
가 싶더니 뺨과 콧날, 인중과 입술, 턱 아래로 향했다.

"인자 뭘 할라요…… 어디로 갈라요?"

오 영감이 물었다. 준서는 대답이 없었다. 오 영감은 별채의
헛간 쪽을 가리켰다.

"땅을 팔라면 저짝에 호미도 있고 부삽도 있고 괭이도 있
고 삽도 있고 망치도 있고 곡괭이도 있지라우. 필요하면 외양
간에 있는 소 끌고 쟁기질을 해도 되고, 굴착기도 공짜로 빌
려줄 수 있응께."

오 영감은 또 준서의 표정을 살폈다.

"인자, 나 닫을라요."

봉창문을 닫았다. 준서는 또 오 영감을 불렀다. 문이 다시
열렸고 오 영감이 얼굴을 내밀었다.

"영감님, 소설에서도 팔문적의 정체를 알 수 없다고 했고 저

또한 그래요. 나무인지요? 돌인지요? 나무로 만든 문인가요? 돌로 만든 건거요? 그것이 쌓인 걸까요? 땅속에 있을까요? 아니면 어디에 있는지요? 모양도 크기도 그렇고 '팔'은 또 무엇을 말하나요?"

"허어. 열 고개, 스무 고개 맹키로, 살았냐, 죽었냐, 집에 있냐 없냐를 물어본다고 답이 나오겠소? 나도 팔문적을 모른디…… 인자 진짜 문 닫을랑께 부르지 마씨요 이."

문이 닫혔다.

준서가 알고 있는 팔문적은 인간이 만들었지만 그 정체가 무엇인지 알 수 없다는 것과 그 정체를 파악하려는 기관이나 사람들도 팔문적의 형태를 모른다는 것, 그렇지만 먼저 발굴에 나선 사람들이 초란도의 구릉지가 유력하거나 확실한 곳이라며 구릉에 홀을 내고 발굴에 집착한 나머지 곳곳을 헤집고, 다른 이들도 같은 행위를 반복했지만 그 무엇도 팔문적이라 여길만한 인공물은 발견할 수 없었다는 정도였다.

준서는 백팩에 호미와 부삽을 넣고 초란향길을 따라 금줄이 있는 구릉지로 갔다. 삽 자국이 난 함몰된 땅을 더 깊고 더 넓게 팠다. 풀숲을 가르며 구덩이도 팠다. 흙이 나왔다. 풀뿌리가 나왔다. 돌이 나왔다. 길쭉한 돌이 나왔고 팔각 모양의 돌도 나왔다. 팔문적의 '팔?' 팔각 돌을 왼손에 들고 오른손에 넘기며 비볐다. 흔들었다. 뒤집었다. 검붉은 흙이 떨어졌다. 팔각 돌은 검은 비닐에 담아 가방에 넣었다. '문'도 나올까. 문門이 나올까. 문文일까. 문汶일까. 그럴 듯한 '문'은 나오지도 않았다. '적'이라고 여길 '적'도 없었다. 개미가 지나갔다. 지네가 흙에서 나오더니 몸을 비틀었다. 흙더미에서 지렁이가 꾸물거리며 낮은 곳으로 미끄러지고 굴렀다. 흙을 가르는 호미와 흙을 퍼내는 삽의 소리가 났다. 땀이 났다. 흘렀다. 땀을 훔치며 주저앉았다. 하늘을 보았다. 아무것도 날지 않았고 날리지 않았다. 그랬으므로 오 영감이 말했던 해오라기는 날아가지 않았고 날지 않아서 해오라기의 항문은 볼 수 없었다. 바닷가로 갔다. 자갈을 밟았다. 소리가 났다. 들렸다. '문'의 문聞? 걸었다. 신발코 앞에 팔각 무늬가 새겨진 돌이 보였다. 흰 돌이었다. 그 돌을 주웠다. 코끝에 댔다. 갯비린내가 났다. 팔각 무늬의 흰 돌. 흰 적的, 무늬 문汶. 그 나름의 팔문적을 팩에 넣었다. 준서의 팩 속에는 구릉에서 캔 '팔문적'의 '팔' 같은 팔을 지닌 흙 묻은 돌과 바닷가에서 주운 '팔' 혹은 '팔문' 또는 '팔문적'일 돌멩이 뿐이었다.

아내와 또 통화를 했다. 코리안페리호 위령제가 열린 광화문에서도 일베스를 색출하는데 실패했다고 했다. 그놈이 그놈 같고 그년이 그년 같고 긴 것 같고 아닌 것 같아서 실패했다며 씩씩댔다. 명예훼손죄로 경찰서에 신고한 지 이 년이 지났건만 지금까지 일베스를 잡았다는 연락은 오지 않았다고 했다. 쉽게 잡을 줄 알았던 경찰도 이 같은 경우는 처음이라고 말했다는 것이다. 알 수 없는 일이었다. 닉네임 일베스. 잡히지 않은 이유가 뭔지. 올림머리 정부를 추종했던 기무사의 개입인지, 국정원인지. 청와대인지. 참으로 이해할 수 없는 노릇이었다. 일베스가 인천에서 열리는 코리안페리호의 위령제에 간다는 댓글을 달았다고 아내가 전했다. 아내는 내일 인천 집회에 가서 일베스를 잡겠다며 이를 악무는 소리를 냈다.

해가 졌다. 먹구름이 수평선에서 몰려온다. 바람이 거세다. 갯바탕에는 파도소리가 요란하다. 준서가 오 영감 집 근처 초란향길의 길섶 텐트에서 저녁을 지으려던 참이었다. 오 영감이 텐트로 왔다. 이름을 묻는다. 밝혔다. 문준서라고, 오 영감은 문 씨라고 불렀다. 오 영감은 태풍이 오려고 바람이 거칠고 비도 올 거라며 준서에게 밥도 하지 말고 집으로 오라고 한다. 밥도 함께 먹고 작은방에서 눈을 붙이라고 한다. 준서는 사양했지만 오 영감은 준서가 앞장서지 않으면 집으로 들어가지 않을 태세였다. 지키고 서 있었다. 초란도에 온 이후 팔문적일지도 모를 돌과 나무와 씨앗과 시든 꽃을 들고, 오 영감의 집을 뻔질나게 드나들면서 진위를 요청했지만 오 영감은 곁을 주지 않았다. 그랬던 오 영감이었는데 날씨에 마음이 동한 탓일까. 준서는 오 영감의 호의를 따랐다. 안방으로 갔다. 생머리를 뒤로 묶은 노파가 숟가락 세 개가 놓인 밥상을 차려놓고 방을 훔치고 있었다. 텔레비전에서는 하나보다는 둘, 둘보단 셋이 더 행복하다는 내용의 출산장려 공익광고가 나왔다.

"여보, 왔구면."

오 영감은 그분이 이분이고 문 씨라며 노파에게 준서를 소개했다.

"배고프지라. 식사 합세다."

준서가 밥상머리에 앉아 숟가락을 들자, 어디서 왔는지 오 영감이 물었다. '안산'이라고 대답했다. MBS 방송에서 뉴스를 했다.

"이런 육실헐, 감추고 빼고 거짓깔 하는 가짜 뉴스여."

오 영감이 리모컨을 눌렀다. KBC에서도 뉴스를 했다.

"참말로 뭔 재변인지. 요기도 가짜. 이상한 방송들이랑께."

오 영감이 채널을 돌렸다. JTBS였다. 여기도 뉴스시간이었다. 코리안페리호 침몰에서 미수습자 장례식까지의 내용을 다룬 특집방송을 하고 있었다.

"뉴스는 여길 봐야 써. 진짜 안 이상한 방송이여. 시방은 여그가 진짜 뉴스제."

오 영감의 혼잣말이었지만 준서에게 들으라는 말 같았다. 그러면서 채널을 고정했다. 준서도 오 영감의 말에 맞장구를 쳤다. '진짜 안 이상한 방송, 진짜 뉴스'의 열렬한 시청자라고.

밤의 구색을 제법 갖춘 밤. 구름 위의 하늘도 검다. 초란향리의 거리도 어둠에 갇혔다. 오 영감의 집에서 흐르는 불빛도 여리다. 풀벌레 소리가 찌르륵거린다. 토방마루에 앉은 준서는 일주일 동안 모은 팔문적일지도 모를 돌맹이와 나뭇조각, 씨앗과 마른 풀잎을 오 영감에게 건넸다. 오 영감은 보고 만지고 두드리면서 준서에게 말했다.

"팔문적을 어디까장 알고 있능가?"

"소설을 읽은 것이 전부입니다."

"허어, 나도 그 소설을 쓴 작가가 보내줘서 읽어 봤는디, 그 작가도 모른 것이 많더랑께…… 근디 말이여 문 씨는 왜 팔문적을 찾는가, 문 씨도 그걸로 부자 될라고 그런가? 허허 내 눈에는 다 보여."

오 영감은 준서의 눈을 응시했다. 준서의 눈도 오 영감을 향했다. 오 영감은 눈길을 거두고 어둠의 동네를 바라보았다.

"나하고 우리 마누라하고 둘 밖에 없어. 초란향리에 서른 가구가 넘게 있었는디 인자는 집도 다 내뿔고 한 가구밖에 없어. 우리 집만 남았어. 다 떠났어. 눈을 찔끔 감고 쩌어 하늘나라로 떠났고 쩌어 옆 섬으로 갔고 쩌어어그 객지로도 떠났어. 다 떠났어. 우리가 마지막이여. 둘뿐인디 오늘 죽을지 내일 죽을지 몰러. 그란디 그 팔문적이란 것이……."

오 영감은 팔문적에 대한 이야기를 준서에게만 아는 대로 들려주겠다며 팔문적에 얽힌 이야기보따리를 풀었다.

삼백여 년 전. 임 씨 성을 가진 사람이 인근의 섬 당사도에서 아내와 어린 아들과 딸을 데리고 초란도로 왔다. 초란향길 들머리에 집을 짓고 정착했다. 입향 시조가 되었다. 칠월 어느 날 임 씨는 구릉 아래 양지바른 습지에서 곱게 핀 백색의 난초 한 점을 발견했다. 학이 하늘을 나는 모습의 해오라기 난초였다. 다음 해 팔월에는 건너편에서도 난초 한 점이 피었다. 그로부터 두 해가 지났을 때였다. 처음 발견했던 난초가 팔월이 지났는데도 꽃이 피지 않았다. 구월이 되자 잎을 늘어뜨리며 시들었다. 난초가 시들 무렵, 멀쩡하던 아내와 열네 살 된 아들도 원인을 알 수 없는 병을 얻어 식음을 전폐하고 시름시름 앓았다. 임 씨는 약초를 캐서 다려 먹였고 무당을 데려와 굿도 했다. 무당은 아내와 아들이 원인모를 병에 걸렸다고 했다. 아내와 아들은 날로 여위어 갔다.

임 씨는 앙상한 뼈대를 드러내며 누워 있는 아내와 아들 곁에서 그들이 죽을 날만 고대하는 수밖에 없었다. 시든 난초는 결국 말라버렸다. 임 씨는 마른 난초를 뿌리째 캐서 집으로 왔다.

항아리에 난초를 넣고 뚜껑을 닫았다. 임 씨는 항아리를 옷장에 넣어두고 딸을 데리고 약초를 구하러 산으로 갔다. 더덕도 캤고 칡도 캤다. 집으로 가져왔다. 토방마루에 올라 방문을 열었다. 문지방을 건너는 순간 임 씨 발은 방바닥에 붙어버렸다. 움직이질 않았다. 아내와 아들이 밥상 앞에 앉아 밥을 먹고 있었기 때문이다. 이후, 아내와 아들은 건강을 되찾았다. 그리고 해마다 풍년이었다. 고구마가 감이 살구가 오디가 옥수수가 주렁주렁 달리거나 열렸다. 앞바다에 놓았던 그물에는 고기가 떼로 걸렸다. 한 편의 설화 같았다.

오 영감 특유의 버릇인지 알 수 없었지만 또 한동안 준서를 주시하며 말을 이었다.

"그랬는디, 아 내가 어디까장 얘기했소? 아, 고기떼까지 했구나. 그랑께 인자 어츠케 소문이 났는지 '마전도'하고 '딴 섬'하고 '당사도'에서 이짝으로 사람들이 막 이사들을 왔네. 일 년 새 다섯 가구가 넘어 부렀어. 그래갖고 살았는디. 참말로 요상한 일이제. 임 씨네 집만 주렁주렁 무럭무럭 듬뿍듬뿍 잘 되고 딴 집은 젠장맞을 겨우 입에 풀칠할 정도만 하늘이 살게 해주네. 그랑께는 틀림없이 임 씨네 집을 도와주는 영험한 뭣이 있다고 사람들이 생각했는지 막 도둑질들을 해싸. 흙도 파

가고 배추씨도 덜어가고 그물도 짤러 가고 숟가락도 훔채가
고. 허허. 그랑께 인자 임 씨가 낌새를 눈치 챘는지 항아리를
어따 숨겨 부렀네. 그거 뺏기는 날에는 큰일잉께. 숨겼응께 본
인 말고는 암도 모르제. 그랬는디 동네 사람들은 임 씨가 낫을
들고 삽을 들고 지게를 지고 소를 끌고 어딜 가면, 어딜 가서
뭘 하는지 눈을 게슴츠레 뜨고 봄시롱 살폈어. 그랬는디, 하루
는 임 씨가 통통하고 똥그란 보따리를 들고 구릉 짝으로 가더
라고, 임 씨가 그짝으로 간 거이 수상쩍다고 소문이 쫙 퍼졌
네. 그짝에다가 영험한 물건을 묻었다고도 소문이 또 쫙 퍼졌
어. 그놈만 내 손에 쥐면 임 씨 맹키로 금방 떼부자도 되고 아
픈 사람도 금방 낫고, 하는 일마다 운도 따르고 대박날 거라
고. 그람시롱 사람들이 그짝을 파기 시작했지. 허허허. 염병헐
너도 나도 다 안 파요. 그란디 갑째기 임 씨가 가족들하고 객
지로 이사를 안 가분가. 동네 사람들한테 시달려서 그랬는지
는 몰러도. 항아리 묻은 디는 안 가르쳐주고. 팔문적이 뭔지도
안 가르쳐 줌시롱 영험한 물건이 팔문적이었지라 말만하고
동네를 확 떴어.

인자 막 이짝 섬, 저짝 섬에서 사람들이 와 갖고 임 씨가 살

왔던 집 천장도 뒤지고, 구들도 파고, 장독대도 깨불고 마당도 파고 요놈조놈 막 파대고. 한 십 년 전부터는 객지에서도 와서 파고. 오매 저 뭐시냐. 설화박물관인가 그런디서 와서도 한뒤 달 동안 파다가 가고. 사람들이 참말로 그거이 어츠케 생겼는지 뭘로 맨들었는지도 모름시롱 막 안 파요. 그랬는디 아무도 임 씨가 말한 팔문적을 본 사람도 캔 사람도 없어. 근디 아까 내가 항아리라고 했소? 진짜로 말하먼 임 씨가 해오라기 난초를 항아리에 넣었는지 어디에 넣었는지 나도 모르요. 사람들이 항아리가 맞을 거라고 말해서 그란 거이께."

오 영감은 자신이 알고 있는 임 씨의 팔문적에 얽힌 이야기는 여기까지라고 했다. 오 영감은 어둔 밤하늘을 바라보았다.

"인자 초란도에는 나하고 내 마누라하고 둘뿐이여. 우리가 마지막이여."

오 영감의 눈은 또 준서를 향했다.

"근디, 문 씨는 왜 혼자 왔는가? 딴 사람들은 시 명 니 명도 와서 웃고 춤추고 떠듬시롱 팔문적을 찾으러 다니던디. 재밌게 다니든디. 문 씨는 잘 웃지도 않고 눈에는 눈물이 그렁그렁, 나빠닥은 슬퍼 보이고. 뭔 고민이 있는 거 같은디. 뭣이 나

쁜가? 아, 그냥 내가 안 물어도 알 거 같어."

오 영감 말에 준서가 눈시울을 붉혔다.

"내가 문 씨 관상을 본께. 문 씨는 진짜로 팔문적이 필요한 사람인 거 같어. 그란디 어짜까이 나도 팔문적을 본 적이 없고 찾도 못했는디."

풀벌레 소리가 그칠 무렵, 준서와 오 영감은 각자의 방으로 갔다.

아내에게서 문자가 왔다.

인천, 안산, 진도에서도 일베스 색출 실패

경찰도 무소식 ㅜㅜㅜ

전설 같은 오 영감의 이야기를 들은 지 하루가 지났다. 준서는 텐트를 거두고 짐을 쌌다. 초란도에 하루 더 머문다고 할지라도 어제 그제와 다를 바가 없을 것 같았다. 팔문적을 수중에 넣기는커녕 그 정체와 행방마저도 묘연한 탓에 뭍으로 뜰 채비를 했다.

딸의 '버킷리스트 1'을 대신 이뤄 딸을 위로하려고 초란도에 발을 들였는데 실마리도 찾지 못하고 떠나야 하다니 슬프기만 했다. 채비를 끝낸 준서는 오 영감 집으로 갔다. 토방마루에 서서 오 영감을 불렀다. 봉창문이 열렸다. 오 영감이 얼굴을 내밀었다. 지그시 눈을 감으며 문을 닫았다. 이윽고 문이 활짝 열렸다. 오 영감과 노파가 마루로 나왔다. 준서는 허리를 굽히며 하직 인사를 했다.

"그만 올라가야겠어요. 그젯밤 팔문적 얘기 잘 들었고 신세를 졌는데 어떻게 갚아야 할지……."

오 영감은 눈총을 쏘며 호통을 쳤다.

"때끼, 이 양반! 그냥 가뿔면 못써, 은혜를 갚고 가야제!"

노파도 거들었다.

"암, 그저께 밥값하고 잠 잔 값은 주고 가야제, 은혜를 모르면 안 되지라우."

준서의 얼굴이 붉게 달아올랐다.

오 영감과 그의 아내가 토방으로 내려왔다. 오 영감은 곧장 헛간으로 갔다. 헛간에서 연장을 들고 왔다. 망치와 호미였다. 오 영감은 망치와 호미를 준서 앞에 던지듯 내려놓았다. 그러고는 또 헛간으로 갔다. 시멘트 포대를 들고 나왔고 양은 대아에 모래도 퍼 왔다. 그것들을 장독대 옆에 놓았다. 노파는 양동이에 물을 받아서 시멘트 옆에 놓았다. 오 영감이 준서에게 장독대로 오라는 손짓을 했다.

"장독 이놈들, 장독대 아래 땅 바닥에다 좀 내려 놉세다."

어제까지만 해도 하숙집 주인으로 보느냐며 준서가 내민 식대와 숙박료를 극구 사양했던 오 영감과 노파였다. 돌변한 태도에 준서는 아연한 표정을 지으며 팔을 걷었다.

오 영감이 가리킨 장독을 모두 땅에 내려놓자 오 영감은 장독대 한 쪽에 돌멩이로 금을 긋고 금 오른쪽을 망치로 깨부수라고 했다. 준서의 눈에는 멀쩡해 보였지만 이십 년 넘게 쓴 터라 장독대 한 쪽이 낡아서 시멘트 포장을 다시 해야 한다는 오 영감의 말이었다. 준서는 장독대를 깼고 깨진 조각들을 치웠다. 오 영감은 준서에게 호미를 쥐여주며 그 키만큼만 흙을 파내라고 했다. 그쯤 파낸 준서는 땅바닥에 주저앉았다. 오 영감이 호미를 들었다. 오 영감도 그곳을 팠다. 오 영감도 땅에 주저앉았다. 노파는 준서와 오 영감의 흙구덩이를 들여다보며 머리를 끄덕이다 준서에게 고개를 돌렸다. 오 영감도 구덩이 쪽으로 몸을 끌고 갔다. 오 영감이 머리를 위아래로 흔들었다. 그러고는 준서에게 오라는 손짓을 했다. 갔다. 보았다. 검은 비닐이 묻혀 있었다. 오 영감은 비닐을 좌우로 흔들며 들어 올렸다. 바닥에 놓았다. 그러고 나서 사방을 두리번거리며 비닐을 벗겼다. 비닐 속의 물건은 그림이 그려진 흰색 항아리였다. 표면에는 가로로 누운 일곱 빛깔의 무지개가 학이 하늘을 나는 모습의 백색 난초를 안고 있었다. 준서는 눈을 크게 떴다.

"오 영감님, 이 항아리는 무엇인지요?"

"팔문적이여."

"팔, 문, 적?"

"근디, 이건 말이여, 이 세상에 딱 한 개뿐인디 진짜가 아니여."

준서는 가짜라는 말에 금세 얼굴이 굳어졌다. 오 영감은 진짜 팔문적은 지난 번 준서에게 들려주었던 것처럼 입향 시조인 임 씨만 알고 있을 뿐이며 증거물 없는 전설일지도 모른다고 말했다.

"이건 말이여, 이십 년 전쯤에 내가 만든 팔문적인디, 내가 그때 여그다가 묻어 났어."

준서는 얼굴을 폈다. 오 영감이 항아리를 가리켰다.

"'팔'은 여덟 팔이여. 무지개는 일곱 색깔잉께 일곱, 학이 하늘을 난 것 맹키로 생긴 허연 난초는 해오라기 난초인디 이 놈이 한 개. 더해서 여덟 '팔'이여. '문'은 무늬 문汶, 적은 쌓을 적積. 그랑께 여덟 개 무늬가 쌓인 것. 그래서 팔문적八汶積이랑께. 내가 그린 거여. 항아리 안에 든 놈이 안 궁금한가? 궁금하꺼이요. 안에 든 놈은 난촌디, 해오라기 난초. 초란도의 마지막 난초, 마지막으로 죽은 난초를 거둔 거여. 그랑께 이 놈은 가짠디, 나한테는 진짜여. 나하고 우리 마누라는 이 팔문적을 묻어놓고 희망을 갖고 살았제. 욕심도 안 부리고, 거 짓깔 안 하고, 쌈도 안 하고, 달래고, 위로하고, 웃고, 움시롱 살았응께. 이거이 진짜제. 인자 우리는 살 만큼 안 살았소. 한 십 년 전부터 이걸 남한테 선물로 줄라고 마땅한 사람을 이날 입때까장 찾았는디 못 찾다가……."

노파는 머리를 끄덕였다. 오 영감이 준서의 손을 덥석 잡았다.

"인자 제대로 주인을 찾은 것 같소. 얼굴을 봉께 문 씨는 딴 사람하고 달러. 진짜 팔문적을 찾아서 가져야 될 사람 같어.

그랑께 이놈이라도 가져 갈라요?"

준서는 오 영감의 손을 부여잡았다. 눈물을 글썽였다.

"받을 자격도 없는 저에게……."

준서는 연신 머리를 숙였다.

"저는 오 영감님과 여사님께 뭘 드려야 할지……."

오 영감은 너털웃음을 터뜨렸다.

"허허허, 우리는 선물을 이미 받았네. 마음도 받고, 눈물도
받고, 많이 안 받았능가?"

준서의 눈이 먼 바다를 향했다.

콜트스트링의 겨울

"내일, 새 신발을 사야 할까 봐."

윤지가 말했다. 기타를 품에 안은 승우는 윤지의 신발을 만지작거렸다.

"옆구리에 기타 같은 모양도 잡히고, 아직 신을 만한데 뭘."

"그래도 사야겠어. 아주 예쁜 걸로."

윤지가 말을 이었다.

"떨어질 때마다 신발을 샀는데, 그냥 내일 사려고."

목소리가 가늘게 떨렸다. 윤지는 공장 밖 마당으로 나갔다. 목련 아래서 하늘을 바라보았다. 목련의 마른 잎이 금방이라도 떨어질 듯 흐늘거렸다. 나무를 흔들었다. 잎사귀 하나가 어깨를 스치며 떨어졌다. 떨어진 잎사귀를 집어 들고 공장 안으로 들어갔다. 윤지는 손에 든 목련 잎을 승우의 손에 얹었다.

"만져 봐."

승우는 잎사귀를 문질렀다. 서걱대는 소리가 났다.

"우리가 지금 자연을 탐닉하는 건 사치 아닐까?"

승우가 말하자 윤지는 우리가 이 땅을 밟고 있는 것도 사치라며 몇 술 더 떴다. 그러고 나서 벽에 걸린 그림을 바라보았다. 〈기타와 목련〉이라는 제목의 그림이었다. 탁자에 턱을 괴고 있던 서 화가가 윤지 곁으로 다가왔다. 서 화가도 그림을 보았다. 그들이 내일 급습하더라도 이 그림뿐만 아니라 벽에 걸린 모든 그림은 옷깃으로도 스치지 못할 것이라고 서 화가는 호언장담을 했다. 서 화가가 말한 그들이란 법원의 집행관, 건물주가 의뢰한 용역과 경찰을 두고 한 말이었다.

남의 주거를 침입하여 무단 점거하고 있는 농성자들은 내일 아침 아홉 시까지 해산해야 한다는 법원통지문이 해고노동자인 금속노조 '콜트스트링' 위원장에게 전달되었다. 집행관들은 내일 아침 아홉 시에 이곳으로 몰려 올 것이다. 법원은 안 씨 성을 가진 사람이 올 초에 콜트스트링 공장 부지를 매입했으므로 공장을 침입한 농성자들은 자진 해산하라고 명령했다. 법원의 명령대로라면 노조위원장과 문인, 미술인, 콜트스트링 노동자밴드, 연극인과 춤꾼, 영상인들도 농성과 촬영을 접고 내일 아침 아홉 시까지는 공장 밖으로 나가야 한다. 그러나 노조위원장을 비롯한 농성자들은 자진 해산은 있을 수 없고 농성을 이어가면서 공장 정상화와 복직을 위한 투쟁을 지속해 나가자고 의견을 모았다. 그들은 또한 주먹을 불끈 쥐고 팔을 하늘로 치켜 올리며 결의를 다졌다.

윤지가 승우의 손바닥에서 하르르 떨고 있는 목련 잎을 집어 들고 벽에 걸린 〈기타와 목련〉 그림에 목련 잎을 대며 한동안 눈을 감았다. 윤지는 다른 그림에도 같은 몸짓을 했다. 주술 같은 윤지의 몸짓이 끝나자, 서 화가가 왜 그런 몸짓을 하느냐며 물었다. 윤지는 달이 뜨니까라며 생뚱맞은 대답을 했다.

밤이 왔다. 찬 공기와 어둠이 공장으로 스며들었다. 농성자들은 옷을 껴입고 일 층으로 모여들었다. 일 층에 있던 사람들이 촛불을 종이컵에 싸들고 텐트 속에서 하나둘 삐져나왔다. 촛불문화제가 열리기 때문이었다. 사회자가 문화제의 개막을 알렸다. 촛불문화제는 매주마다 두 번씩 열리는 것이어서 새삼스러울 것도 없었지만 오늘은 여느 때와는 다르다는 걸 저마다 알고 있었다. 어둠 속에서, 흔들리는 촛불 속에서, 그들은 허공을 향해, 벽을 향해, 출입문을 향해 "부당해고 판결났다!", "폐쇄공장 정상화로, 복직판결 이행하라!"는 구호를 절절히 외쳤다. 춤꾼은 〈콜트스트링은 우리들의 터전〉이라는 주제로 마임을 했다. 영상팀은 현장을 카메라에 담았다. 승우는 기타를 치며 노동가요를 불렀고, 윤지는 청바지 뒷주머니에 손을 넣고 시 한 편을 꺼내 낭송했다.

목련 잎이
겨울바람에 운다
……
달이 부른다
……
목련 저편에서 웃고 있는
그들의 얼굴
……

문화제가 끝나자 서 화가는 방금 끝낸 투쟁의 굿판을 화폭에 담았다. 윤지는 기타를 멘 승우의 팔을 붙들고 밖으로 나갔다. 달빛이 환했다. 윤지가 하늘을 보았다.

"오늘이 삼천육백칠십칠 일째야. 내가 투쟁한 날도 그렇고. 하늘을 봐. 찬바람 속에서 떨고 있는 목련 잎을 봐. 잎에 걸려 있는 저 둥근 달도 봐. 달이 나를 부르는 것 같아."

선글라스를 낀 승우 눈에는 어둠뿐이었다.

"보름달이 떴나?"

"그래, 달이 떴고 목련 잎이 찬바람에 떨어지고 있어. 낙엽처럼 떨어진 노동자들은 하나둘 죽거나 사라져갔어."

승우의 얼굴이 허공을 향했다.

"목련 잎이 모두 떨어졌나?"

윤지는 목련에서 눈을 떼지 않았다.

"내일이면 최루탄에 물대포에 모두 떨어지고 말겠지. 잡혀가면 못 나올지도 모르겠지만 나오게 되면 내일 새 신발을 꼭 살 거야."

"내일?"

"그래, 내일."

그들은 추위에 떠밀려 공장 안으로 들어갔다. 콜트스트링

노동자밴드가 노동가요를 부르며 "투쟁!"을 연호했다. 승우가
윤지에게 물었다.

"저 밴드의 기타도 여기서?"

"저것도 여기서 만든 거고 다 내 손을 거쳐 간 제품이야."

승우가 자신의 기타를 만지작거렸다.

"내 것도?"

"그것도."

윤지는 승우에게 기타를 건네받고 코드를 잡았다.

"이십 플랫에 육 현을 울리다가 많은 사람이 죽어갔어, 콜트
스트링 노동자들도 노동가요을 부르면서. 글구 윤도현의 〈사
랑했나 봐〉로 히트 칠 때 난 회사에서 짤리고 말았고."

바람소리가 났다. 윤지의 입술이 파르르 떨렸다. 찬 공기가
속살까지 스며든 탓인지 웅크리며 그들은 안으로 들어가 몸
을 쏙쏙 들이밀었다.

윤지가 두고 간 물건이 무엇인지 알 수 없었다. 승우의 아파
트로 불쑥 들어 온 윤지는 소파에 엉덩이를 붙이는 둥 마는 둥
하며 승우의 어깨를 두드리더니 물건 하나를 두고 간다고 말

했다. 무엇을 어디에 놓았다는 말은 하지 않았다. 쓰면 닳아서 없어지는 물건인지, 두르는 것인지, 먹거리인지 물건을 거실 바닥에 둔다거나 소파에 얹어 놓았다는 약간의 힌트도 없이 아파트를 나가버렸다. 두고 간 물건에 대해 궁금증이 일기도 했지만 더 이해할 수 없는 건 윤지의 태도였다. 승우가 겪어서 알고 있던 그녀가 아니었다. 보름 전까지만 해도 승우의 보금 자리에 들를 때면 김밥을 사왔으니 집어 먹자거나 닭도리탕을 만들어 먹자거나 베란다에 화장지를 놓았다거나, 쓰레기 비닐을 개수대 아래 뒀다며 찾아서 활용하라는 둥 조근조근 말을 했다. 왔다가 이내 문밖으로 나간 적이 없었는데 이번에는 잠깐 동안 엉덩이를 소파에 걸쳤다가 떠날 때도 일정이 있으니 가야겠다는 내용을 아낌없이 내뱉었다.

무엇일까, 어디에 둔 걸까.

승우는 현관부터 소파까지 그녀가 두고 갔다는 알 수 없는 물건을 기거나 엎어지거나 몸을 꽈서 더듬었지만 있을 곳에 있는 것이거나 빈 데는 비어 있을 뿐이었다. 어쩌면 그녀가 일 년도 넘게 왕래 한 탓에 누구의 소유도 아닌 그녀와 승우의 공 동 소유 같은 숟가락 하나이거나 젓가락 한 모가 사라졌다가 다시 제자리에 꽂혀 있는 것인지도 모르는 일이었다. 무엇인지 알 수 없어서 궁금하기 이를 데 없는 미스터리한 물건을 찾지 못한 승우는 소파에 기대며 열이틀 전을 떠올렸다.

공장을 점거한 농성자들에 대한 강제해산 집행이 있던 날이었다. 오전 아홉 시 정각이 되자 쇠파이프를 든 용역들과 곤봉을 착용한 경찰들이 콜트스트링 정문으로 돌진했다. 계단을 오르는 둔탁한 발짝 소리가 연이어 울렸다. 농성자들은 강제연행에 대비하여 저마다의 태세를 갖추고 전의를 다졌다. 이 층으로 진격한 용역들이 손에 든 쇠파이프로 벽을 두드리는가 싶더니 서 화가가 머물고 있는 농성장의 문을 부서뜨렸다. 서 화가는 쇠사슬을 몸통에 묶고 기둥에 두른 채 양팔을 벌리며 그들을 노려보았다.

용역들은 서 화가의 팔을 비틀며 쇠사슬을 풀어냈고 네댓은 벽에 걸린 서 화가의 〈기타와 목련〉 등 모든 작품을 닥치는 대로 찢어버렸다. 서 화가는 "내 그림", "물어내라, 내 그림…….", "내 그림을 찢다니.", "작품을 손괴한 죄로 고소할 거야!"라며 절규하다가 주저앉았다. 옆방에서 "진군의 나팔을 불고, 투쟁하라!"는 함성이 울렸다. 용역들은 그쪽으로 몰려갔다. 승우와 윤지를 포함한 대부분의 농성자들이 집결한 곳이었다.

　—단결로 연대로, 부당해고 복직투쟁!

　—단결로 연대로, 부당해고 복직투쟁!

　해고자 대표인 노조위원장이 구호를 선창했고 농성자들이 따라 했다. 그들은 바닥에 누워서 스크럼을 짰다. 주먹을 쥐고 천장을 향해 팔을 쳐들었다. 그러나 용역들의 완력에 힘을 잃었고 스크럼은 엉킨 실타래 풀어지듯 풀리고 말았다. 저항은 몸부림에 지나지 않았다. 모두 아래층으로 끌려나갔고 경찰 기동대 차량에 태워졌다. 윤지와 승우도 연행되었다. 승우와 윤지는 해거름녘에 훈방되었다. 이때 윤지의 수중에는 전날 밤에 낭송한 시가 적힌 종이와 볼펜 한 자루, 지갑과 휴대폰이 전부였다.

　승우가 훈방조치로 풀려났을 때 윤지가 지녔던 넷 중 하나를 물건이랍시고 두고 가지는 않았을 거라는 생각이 들었다. 휴대폰에 장착된 펑션키를 길게 눌렀다. '펑펑' 소리가 났다. 윤지를 호출했다. 받지 않았다. 펑션키를 연이어 누르고 말을 했다. 뭘 두고 갔냐고. 문자가 찍혔다. 문자를 보냈다. 카톡도 보냈다. 왜 답장이 없냐고. 그러나 연락두절이었다.

승우는 소파에 누웠다.

열이틀 전 경찰서에서 풀려났던 시간 이후를 더듬었다. 식당에서 허기를 채우고 거리를 활보했다. '슈발, 제발 신발'이라는 신발가게가 코앞에 나타나자 윤지는 걸음을 멈추고 매장 안을 들여다보았다. 승우와 함께 신발가게로 들어갔다. 그녀는 '커플이 현금 주면 15퍼센트 할인, 카드는 7.5퍼센트'라는 이벤트 문구를 승우의 귀에 대고 읽어주었다. 신발을 골랐다. 한 켤레 쏘겠다며 승우도 고르라고 했다. 그는 흰 운동화를 골랐다. 신발가게를 나왔다. 선술집으로 들어갔고 목구멍에 술을 적시고 나왔다. 그리고 헤어졌다.

거의 매일 전화통화를 했고 사흘은 너무 길고 멀다며 승우의 아파트를 문턱이 닳고 빛이 나도록 드나들었던 윤지가 새신발을 구입한 이후로는 연락을 끊었다. 휴대폰도 꺼져 있었다. 집 전화는 그녀가 받지 않았다. 공장에서 농성했던 동료들에게도 그녀의 근황을 물었지만 소재를 파악할 수 없었다. 그로부터 열이틀 만에 승우의 아파트로 불쑥 찾아왔다. 그러나 물건 하나를 두고 간다는 일방적인 발언을 한 후 자취를 또 감추고 말았다.

승우는 거실과 화장실, 안방, 현관을 더듬거리며 윤지가 두고 갔다는 물건을 찾아보았지만 손에 잡히지 않았다.

승우는 벽에 기대어 앉았다.

선술집을 떠올렸다. 술이 몸으로 스며들자 윤지는 죽음에 대한 말을 끊임없이 늘어놓았다.

사람들이 죽었어. 몇이나 될까. 많았지. 맨 먼저 죽은 사람은 남자였어. 강 씨가 콜트스트링에서 부당해고를 당하고 나서 시간제로 택배 일을 하다가 비관 자살을 한 거야. 다음으로 해고 무효투쟁을 하다가 옥상에서 투신한 최 씨가 죽더니, 문 씨 성을 가진 여잔데 우리 회사에서 해고된 뒤로 우울증에 시달리다가 죽었고, 그렇게 여자 남자가 죽고 또 죽어갔어. 얼마 전에 뉴스 봤잖아? 노숙자 황 아무개가 서울역에서 죽었다고. 다음은 내가 죽을 차례라고 생각했는데, 난 그러지 못했어. 지금도 종종 발작할 때가 있지만 그때 난 우울증이 심했거든.

콜트스트링에서 해고된 후 노동시를 써서 문단에 나왔다는 거 알잖아. 시를 쓰려는데 정신이 나간 건지 잘 써지질 않고 우울하기만 했어. 이 세상과 작별해야 증세가 호전될 것 같더라니까. 밤이면 귀뚜라미를 따라 울고 달을 따르며 울곤 했어. 매일 소주 한 병을 깡으로 까기도 했지. 보름달이 뜰 때마다 그 달이 나를 손짓하는 거야. 올라오라고. 올라가려면 어디론가 빠지거나 넘어지거나 뒤틀리거나 망가져야 올라갈 수 있잖아. 그래서 빠지려고 했어.

강화도 외포리 갯바위에 앉아서 술을 마셨는데 술병이 비워지니까 바다가 자꾸만 달나라로 가자고 손짓을 하네. 달나라는 해고가 없다고, 그래서 물속으로 기어 들어갔잖아. 바닷물이 목까지 차올라서 황홀했는데, 텔레비전에 나온 것처럼 동네 아저씨가 나를 뭍으로 끌어내는 바람에 달나라로 못 간 거야. 그러고 나서 정신병원에 갔는데 수면제나 신경안정제를 삼키고 잠을 잤지. 일어나면 수녀님이 편지를 쓰고 있더라고. 애인한테 종일, 그 애인이 하나님이라는 거야. 눈 큰 가시나도 하나 있는데 나보고 무슨 병으로 왔느냐고 묻고, 독서가 취미라는 여자가 또 있었거든. 그 여자는 자기가 읽고 있는 책을 내가 엿보았다고 잘못을 빌래서 빌곤 했지.

그 병원에서 겨우 퇴원을 하고 시간도 흘렀는데, 콜트스트링 해고자 중 나랑 같이 '연마' 파트에서 일했던 한 남자가 또 죽어버린 거야. 그 사람은 아까도 말했지만 며칠 전 텔레비전 뉴스에 뜬 사람이야. 황 아무개라는 노숙자 하나가 서울역에서 죽어버렸다는 뉴스 말이야. 해고노동자 출신이라는 말은 한 마디도 안 하고 그냥 죽었다는 뉴스만 나온 거야. 그 사람도 부당해고 당한 사람인데. 세상 돌아가는 게 참 웃기지도 않아. 그 전에 내가 죽었어야 했는데. 새 신을 신고 새 옷도 입고 폴짝폴짝 뛰다가 후울후울 날아서 피안으로 가면 역사 하나가 또 사라지는 거겠지.

이승에 존재하면서 역사로 남는 걸로는 갈등을 해결할 수 없어. 내 운명은 역사와 어울리지 않아. 그래서 달리해야 돼. 비록 나는 내 남편의 아내고 딸과 아들을 둔 엄마일지라도, 학창시절에는 내가 다녔던 학교의 일원이었을지라도, 해고노동자 중의 한 명일지라도, 오천만 국민의 한 사람일지라도 내가 죽는다고 해서 오천만이 사천구백구십구만 구천구백구십구 명으로 수정됐다가 또 어느 산모의 뱃속에 있던 아이가 내 죽음을 대신해서 태어날지라도 오천만으로 환원되지 않아. 빼기도 더하기도 없는 여전한 오천만이지. 그래서 나 하나를 떼놓고 보면 존재가치가 없는 거야.

지금 내가 콜트스트링의 해고자로서 말한다면, 내 역사는 극복되지도 않았고 처참하게 억압당한 거야. 영혼도 없는 역사로 말이야. 자유? 노동의 자유? 웃기는 소리하지 말라고 그래. 자본주의 체제에서 자유는 강한 자의 권리를 옹호하는 수단이 돼버렸고 우리는 성과사회의 노예로 전락하고 말았어. 그것도 일종의 산업재해지. 해고도 실업도 폭력도 죽음도 모두 산재야. 우리가 자유로운 적이 있었나? 우리 사회는 언제나 우리들의 희생으로 걷고 달리면서 돌아가는 거야. 언제나 우리는 '갑'질에 놀아나는 '을'일 뿐이거든. 거 봐, 어떻게 됐어. 콜트스트링 업주가 몇십 년간 몇백억씩 흑자 보다가 한 이삼 년 적자났다고 정리해고를 감행한 거야. 법원에서도 정리해고가 부당하다며 복직판결이 났는데, 결국 필리핀으로 공장을 옮겨 버리고 갈산동에 있는 콜트스트링은 문을 닫아버렸잖아.

국가와 사용자는 주체고 우리는 객체야. 주객전도는 문학작품에서나 가능하지 않을까. 그래서 나는 내가 신고 있는 이 신을 '콜트로바'라고 지었는데 이젠 이걸 벗어버리려고 새 신을 샀어. 새 신을. 새 신발 이름은 '달로바'로 지을 거야. 콜트스트링을 벗어나서 달나라로 가는 신발이라는 의미지. 자유의 세계로 가는 달로바. 멋지지 않아? 한 번 만져 봐. 신발 코에 달 모양도 있어. 어때 달이 잡히지? 승우는 새로 산 신발 이름을 뭘로 지을 거야?

승우는 새로 산 신발 이름을 이 세상을 함께 걷자는 의미로 '함께걸음'이라고 금세 지었다.

그랬다.

승우는 몸을 일으켰다. 윤지가 집에 와서 물건 하나를 놓고 갔던 그날을 다시 떠올렸다.

그날 윤지는 승우가 현관문을 열어 주었을 때부터 들고 난 시간이 이 분에 지나지 않았다. 윤지가 현관에서 신발을 벗고 거실에 발을 디뎠던 그 순간은 십 초가량 걸렸다. 거실에 첫 발을 내딛으며 승우의 팔을 붙들고 소파에 앉기까지는 십이 초 정도였다. 소파에 앉아서 "물건 하나 들고 왔는데 두고 갈게"라고 말했다. 그 말이 전부였다. 그전에 윤지는 잠시 뜸을 들였다. 그 시간은 오 초 정도였다. 그리고 말했다. 입술을 열고 열세 음절을 내뱉었다. 목소리가 떨렸고 그 음성에 고스란히 묻어났다. 그 시간은 칠 초 정도였다. 그리고 입을 닫았다. 앉아만 있었다. 여느 때 같으면 오 초도 아깝다고 끊임없이 재잘거렸겠지만 영 아니었다. 이윽고 "볼 일이 있어서 이제 그만 갈게"라는 말과 함께 소파에서 엉덩이 쓸리는 소리인지는 알 수 없었지만 소파를 스치는 소리가 났고 현관 쪽으로 발 딛는 소리를 냈다. 그녀는 곧장 문밖으로 나갔다. 이렇듯 윤지가 들어왔다가 빠져나간 시간은 모두 백이십 초에 불과했다.

무엇을 두고 간 걸까.

윤지가 들이닥쳤을 때 공기를 가르면서 늘 풍겼던 스킨과 로션 냄새가 전부였다. 승우의 귀에는 현관문을 여닫는 소리와 현관에 발 딛는 소리, 신고 벗는 발짝 소리, 거실에 발 딛는 소리와 소파에 기대는 소리 그리고 그녀의 말이었다. 승우의 팔을 붙들었을 때도 그녀의 손은 빈손이었다.

무엇이었을까.

시각을 활용하지 않고도 모든 것을 볼 수 있으므로 백문이불여일견이라는 시각패권주의를 완강히 거부한다는 승우 자신의 도도함이 이 순간만큼은 여지없이 무너진 것이나 다름없었다. 상대방의 목소리만 듣고도 덩치가 큰지 작은지 또는 김태희 같이 생겼는지 오나미를 닮았는지를 자신 있게 추측하고 꿈속에서도 각자의 모습을 볼 수 있어서 나는 백 개의 눈동자를 떴다며, 감각이 연대하고 그 감각의 공동체를 통해서 지각이 열린다며 호언장담하곤 했다.

스치기만 하여도 환해지는 / 백 개의 눈동자를 떴다는 시詩를 썼고 그 시를 발표하면서 시인들의 세계에 합류했다.

이처럼 시각의 결재를 받지 않고도 다른 감각으로 상황에 대한 결재가 충분히 가능했는데, 윤지는 승우의 맹점이라도 시험하려는 듯, 두고 간 물건과 그것의 위치를 알리지도 않고 모습을 감추고 말았다. 숟가락이나 젓가락을 수저통에 담아놓고 갔다면, 그릇을 몰래 두고 갔다면, 화장실에 수건을 걸어놓았거나, 화장지를 두었거나, 책장에 책을, 옷장에 옷을, 이불 속에 무엇인가를 두고 갔다면, 그것이 손에 잡히는 물건이라면 언젠가는 찾을 수 있을 것 같았다. 그러나 지금은 막연하게 손을 놓고 기다려서는 안 될 성싶었다. 콜트스트링 농성장에서 강제로 연행되어 흩어지면서 전열을 정비하지 못하고, 불투명한 미래를 고민해야 하는 상황인지라 한가하게 꼭꼭 숨어라 머리카락 보인다며 숨바꼭질을 하거나, 보물찾기를 즐

길 상황이 아니었다. 엄중한 때이므로 윤지가 두고 간 물건은 하찮게 여길 물건이 아닌 것만은 분명해 보였다.

승우는 스마트폰을 손에 들고 머리를 갸우뚱거리며 현관 쪽으로 갔다. 운동화를 신었다. 그러고는 현관문을 밀고 밖으로 나갔다. 밖에서 문을 닫았다. 윤지가 물건 하나를 두고 갔던 당시의 상황을 재연하는 것이 지금으로서는 상책이라는 생각이 들었기 때문이다. 다시 문을 열었다. 집 안으로 들어갔다. 현관으로 발을 내딛는 순간부터 스마트폰으로 시간을 측정했다. 신발을 벗는 시간, 거실에 발을 디딘 시간, 윤지가 승우의 팔을 붙들고 거실을 지나서 소파에 앉는 그 순간과 어느 시점에서 그녀가 "물건 하나 들고 왔는데 두고 갈게"와 소파에서 엉덩이를 떼며 "볼 일이 있어서 이제 그만 갈게"라는 말과 함께 신발을 신고, 다시 문밖으로 나간 시간까지를 측정했다. 구간과 상황별로 소요된 시간을 합쳤을 때 모두 백이십 초가 좀 넘게 나왔다. 멀쩡한 눈으로 꿈틀거리는 그녀의 몸짓으로는 이 분 정도면 충분할 것 같았다.

윤지의 동선은 승우가 문을 열자 현관에 발을 디뎠고 잠시 머무르다 신발을 벗었고 거실로 올라왔다. 그러고 나서 곧장 소파로 향했다. 그게 전부였다. 가능성은 열어두어야겠지만 윤지는 화장실이나 안방, 작은방, 싱크대가 있는 부엌 쪽으로 가지 않았다. 그녀가 그의 팔을 붙들었을 때 그녀와 함께 소파로 향했을 뿐이었다. 그녀가 물건을 베란다로 던지거나 싱크대 밑으로 굴리거나, 그런 행위가 없는 이상 문제의 물건은 그녀의 동선에 존재해야만 했다. 설령, 날리거나 날아가거나 구르거나 꾸물거렸다 할지라도 승우의 귀가 예민하게 반응했을 것임은 자명하다.

베란다는 그 순간에 찬 공기를 막으려고 닫아놓았다. 개수대 밑을 포함해 거실바닥과 방바닥, 베란다와 화장실바닥 등 지탱 가능한 바닥은 모두 더듬었지만 개미 한 마리도 움찔하지 않았다. 윤지가 정녕 물건을 두고 간 걸까. 어쩌면 물을 뿌리고 갔거나 후후 거린 입김, 그녀의 말을 두고 물건으로 지칭하지는 않았을까. 그랬다면 그것들은 증발해버리고 말소리만 승우의 뇌리에 둔 채 떠났을지 모를 일이었다. 그러나 그러한 행위가 물건일 수는 없는 것이다. 방금 떠올린 무수한 편린들을 꿰어가던 그는 비록 몇 초에 불과했지만 그녀가 문을 열고 들어왔을 때 현관에 머물렀던 시간이 다른 때보다 더 길었다는 생각이 들었다. 어쩜 현관 주변에 무엇을 놓고 간 건 아닐는지. 그러잖아도 현관 주변과 신발장을 더듬지 않았던 것은 아니었다. 손에 잡히는 것은 신발장에 놓인 신발뿐이었다. 그랬지만 그는 다시 현관으로 갔다. 신발장 맞은편 가장자리를 더듬었다. 구두와 운동화 한 켤레가 손에 잡혔다. 구두는 가끔씩 격을 갖춰야 할 때 신었던 것이고 운동화는 얼마 전 윤지가 선물한 새 신발 '함께걸음'이었다.

거실에 밀착된 현관 입구에는 외출할 때마다 신었던 활동화가 있었다. 신발장 밖에는 평소와 다름없이 세 켤레만 손에 잡혔다. 신발장을 열었다. 신발장에는 버리기 아까워서 넣어둔 구두와 운동화, 랜드로바가 각각 한 켤레씩 있다면 정상일 것이고 손에 잡히는 그 밖의 물건이 없다면 이곳도 윤지가 두고 간 물건은 존재하지 않을 것이었다.

하나, 둘, 셋, 넷, 다섯, 여섯 켤레, 하나, 둘, 셋. 숫자를 세던 승우는 같은 수를 반복하다가 일고여덟에서 다시 하나, 둘, 셋, 넷, 다시 이거 하나, 저거 하나, 저거 또 하나를 세다 말고 길이가 짧고 낮은 신발 한 켤레를 신발장에서 꺼냈다. 자신의 신발이 아니었다. 한참을 만지작거린 승우는 낯선 신발을 코에 댔다. 발 냄새가 났다. 땀 냄새도 났다. 그는 자신도 알 수 없는 너저분한 신발이 왜 신발장에 버젓이 자리를 차지하고 있는지 알 길이 없었다. 낮은 굽, 짧은 길이, 부드러운 가죽. 여성용이었다.

누구의 것일까. 눈이 멀자 어린 딸 하나를 남겨 두고 십일 년 전 미련 없이 떠나버린 아내의 신발일까. 그럴 리는 없었다. 아내의 흔적은 모두 지워버린 지 오래였다. 떠났으므로 버렸다.

그렇다면 윤지의 신발일까. 두고 간 물건이 이것일까.

신발 옆구리를 더듬었다. 두 짝 다 기타 모양이 손가락에 잡혔다. 아, 콜트로바! 콜트로바를 두고 가다니. 윤지는 왜 콜트로바를 물건이라고 한 걸까.

그는 콜트로바를 들고 거실에 주저앉았다. 이거였구나! 두고 간 물건이, 이걸 두고 가다니. 그녀의 저의를 알 수 없었지만 예감이 불길했다. 두고 간 물건이 이것이라면 어쨌든 그 물건을 찾아냈으므로 눈은 멀었지만 청각과 촉각, 후각의 연대를 통해 시각을 대신하여 결재를 받았다는 것과 아울러 시각 패권주의를 거부한 당당함에 대한 불안감이 사그라진 것은 퍽 다행한 일이었다. 그러나 콜트로바라니.

머리를 감던 승우는 연방 비명을 질렀다.

안 돼! 안 돼! 달로바는 안 된다고!

머리를 감고 곧장 콜택시를 불렀다. 윤지가 두고 간 콜트로바를 비닐에 싸서 백팩에 넣었다. 외출복을 입고 선글라스를 끼었다. 백팩을 메고 지팡이를 챙겼다. 아파트를 나섰다. 택시를 탔다. 택시가 콜트스트링의 정문에 도착했다. 내렸다. 정문은 닫혀 있었다. 정문 주변의 담벼락에는 현수막이 네댓 점 걸려 있었고 인도 변에는 텐트가 즐비했다. 공장에서 강제 해산된 이후로 텐트를 치고 노숙농성을 이어가는 중이었다. 승우가 한 텐트로 다가가자 텐트 안에 있던 농성자들 중 한 명이 그의 팔을 붙들며 문인들이 머물고 있는 텐트로 안내했다.

텐트에 이르자 농성 중인 문인들이 밖으로 나와서 그를 맞았다. 승우는 그들에게 윤지가 어딨냐고 다짜고짜 물었다. 없다고 했다. 어제 왔는지도 물었다. 릴레이 단식농성 중이지만 어제는 모른다고 했다. 동갑내기 남자 시인인 용수가 릴레이 단식표를 살폈다. 표에는 이틀 전 날짜에 이름이 올라 있는데 '불참-연락 안 됨'으로 적혀 있고 윤지의 근황도 깜깜하다고 했다. 승우는 휴대폰을 꺼냈다. 윤지에게 전화를 했다. 꺼져 있었다. 옆 텐트로 갔다. 없었다. 그 옆으로도 갔다. 모두 돌아보았다. 있지 않았다. 농성자들은 강제 해산 이후로 그녀를 본 적도 소식을 들은 적도 없다고 했다.

승우는 노숙농성장을 떠났다. 집으로 왔다. 어찌 된 일일까. 어디로 간 걸까. 콜트로바를 벗고 떠나다니. 당신도 내 곁을 떠나다니. 특수부대의 격한 훈련 때문에 찾아왔던 관절염, 척추디스크로 시신경이 망가지는 베체트병에 걸려 눈이 멀었을 때, 미련 없이 곁을 떠나버린 아내처럼, 비록 집회장에서 만나 너나들이하는 문우 관계일지라도 홀연히 자취를 감춘 윤지가 자신을 떠난 슬픔보다 불안감이 더 컸다. 공장에서 강제연행되던 날 경찰서에서 훈방조치로 풀려났을 때 선술집에서 윤지가 했던 말 때문이었다.

"저승으로 가는 새 신을 신고 죽어버리면 역사 하나가 또 사라지는 거겠지. 내 운명은 역사와 어울리지 않아. 그래서 달리해야 돼."

이랬다.

설마 했지만 술쿠세가 아닌 듯했다. 달로바라는 새 신발을 산 행위가 음주보다 먼저라는 점, 달로바의 의미를 취중에도 발설했다는 점, 그로부터 며칠이 지나서 신고 있던 콜트로바를 승우의 아파트에 두고 갔다는 점, 두고 간 물건을 밝히지 않은 점 등 그러한 일관성이 사태의 심각성을 더했다. 그렇다면 한순간도 마음을 내려놓고 방관해서는 안 될 노릇이었다. 윤지의 집으로 또 전화를 걸었다. 신호음이 대여섯 번 울리자 전화를 받았다. 남자였다. 남편이라고 했다. 왜 찾는지도 물었다. 아내가 얼마 전 홀로 여행을 떠났는데 전화도 꺼놓고 아직 돌아오지 않았다는 말도 했다. 승우는 실종 신고를 권했다. 그녀의 남편 역시 예감이 좋지 않다며 맞장구를 쳤다. 남편은 오늘까지만 기다렸다가 실종 신고를 하든 어쨌든 하겠다고 말하며 전화를 끊었다.

지금은 오후 세 시다. 내일이 되려면 아홉 시간이 남았다. 오늘이 지나면 그녀의 남편은 실종 신고를 낼지, 승우에게 확인 전화부터 할지는 모르는 일이었다. 어딜 간 걸까. 어젯밤에 이쪽은 둥근 달이 떴다고 했는데, 강화도 외포리의 바다 위로 솟아오른 달이 또 손짓했을까. 그녀의 눈은 달빛을 발산한 밤

하늘을 향할까. 빗물이라도 떨어졌다면 달이 먹구름에 가려서 하루쯤은 건너뛸 수 있었겠지만 그쪽에도 비가 오지 않았는데. 아니면 집회에 갔을까.

상상을 접은 승우는 카톡을 열어 음성메시지를 들었다. 어제부터 '비정규직! 이제 그만! 희망버스 480km의 여정, 서울에서 부산까지'가 열렸고, 안산에서는 '안산 환경영화제'가 그제 있었다. 닷새 전에는 '세월호 참사 추모문화제'였다. 내일은 콜트스트링 기타노동자들의 '콜밴 전국유랑제'가 광화문에서 열린다는 내용이었다.

오전이었다. 승우는 윤지의 남편 전화를 받았다. 남편은 윤지에게 연락이 없었냐고 물었고 실종 신고를 내야겠다고 했다. 그녀는 이제 실종자나 다름없었다. 승우는 그녀가 사 준 '함께걸음'을 신고 외출준비를 했다. 광화문에서 열리는 콜밴 전국유랑제에 가볼 작정이었다. 승우는 콜트스트링 노숙농성장에서 만났던 시인 용수와 함께 광화문으로 갔다. 승우는 지팡이로 땅을 토닥거리며 물었다.

"어디야?"

용수가 대답했다.

"세종대왕상 아래."

"콜밴이 연주하는 소리가 들리네."

승우는 사방으로 귀를 기울였다.

"윤지 보여?"

"아직."

"나도 안 들려…… 콜트스트링 노조 깃발은?"

용수는 깃발이 무대 바로 아래 있다고 말했다. 승우와 용수
는 콜트스트링 깃발 쪽으로 향했다. 마이크에서 흘러나오는
구호 소리가 더 크게 울렸다.

해고는 원천무효! 해고자를 책임져라!

그들은 무대 옆으로 갔다. 용수가 승우의 팔을 붙들었다. 선
글라스를 낀 승우의 눈이 군중을 향했다.

"오른쪽은 어떤 건물이야?"

"은행."

"그쪽에 윤지 있어?"

"없어."

"오른쪽 사십오 도 쪽은?"

"휴대폰 대리점."

"그쪽은?"

"그쪽도."

"가운데는?"

"가운데는 보험회사가 보이는데, 거기도."

"왼쪽 사십오 도는?"

"전자회산데 가만 있자. 또 없어."

"왼쪽 어깨 옆에는?"

"안 보여."

승우는 용수에게 십오 도씩 각도를 끊어서 윤지를 찾아보라고 했다. 용수는 모자를 눌러 쓴 사람이 보이고, 눈만 빠끔히 내놓고 머플러로 얼굴을 가린 여자가 몇 명 보인다고 말했다. 승우는 그들 중 한 사람이 윤지일지도 모른다고 여기며 그들의 동태를 살피라고 했다. 시간이 흘렀지만 용수는 그들이 모자를 올리거나 벗거나 머플러를 벗지 않아서 가늠할 수 없다고 했다. 유랑제의 진행을 맡은 사회자가 단상에 오른 콜트스트링밴드에 마지막 노래를 부탁했다. 노래가 끝나면 오늘 행사도 막이 내릴 거라고 했다. 사회자가 승우 쪽으로 다가오는 발소리가 들렸다. 승우는 방금 무대에서 내려온 자가 곁에 있다는 것을 직감한 듯 그쪽에게 말을 걸었다.

"사회잡니까?"

사회자는 승우의 손에 잡힌 흰 지팡이와 선글라스를 물끄러미 바라본 후 그렇다고 대답했다. 승우는 행사가 끝난 다음의 일정을 물었다. 청와대로 행진할 것이라고 했다. 승우가 부탁했다.

"지금 사람을 찾아야 하는데 마이크로 사람 좀 불러 줄 수 있겠습니까?"

사회자는 말이 없었다.

"콜트스트링에서 해고되었고 시를 쓰는 시인인데, 그 사람이 실종됐어요. 집회도 자주 참여하는 활동가 여성이에요. 아버지가 찾고 경찰도 찾고 나도 찾고 있어요. 찾지 않으면 죽을 수도 있어요. 이름은 고윤지. 이곳에 왔을지 몰라요. 마이크로 좀 불러주세요."

승우가 재촉했지만 사회자는 입술을 닫고 무대로 올라갔다. 밴드의 노래가 끝났기 때문이다. 사회자는 오늘 행사의 끝을 알렸다.

"사회자!"

승우가 소리쳤다. 집회에 자리한 사람들과 사회자가 토끼눈으로 승우를 바라보았다. 마이크를 든 사회자는 인상을 구기면서 승우 쪽으로 다가왔다. 십 초 이내에 끝내라며 승우에게 마이크를 넘겼다. 승우는 마이크를 입술에 댔다.

"고윤지! 내가 왔어. 승우가 왔어! 내가 왔어, 윤지. 콜트로바를 가져왔어. 당신이 두고 간 콜트로바를 가져왔어⋯⋯."

사회자가 승우의 마이크를 빼앗으며 집회에 모인 군중을 향해 청와대로 가자고 외쳤다. '해고노동자 연합'과 콜트스트링 해고노동자들이 깃발을 펄럭이며 청와대를 향해 나아갔다. 군중들이 썰물처럼 행사장을 빠져나갔다. 승우는 흰 지팡이를 짚고 무대 아래에 우두커니 섰다. 승우 옆에는 용수가 있었다. 승우는 용수의 눈을 빌렸다.

"사람들 발소리가 멀어져 가는데, 윤지 안 와? 더 안 들리네. 안 와? 모자 눌러 쓴 여자, 머플러 두른 여자, 혹시 오나 좀 봐. 안 와? 은행 쪽 봐봐. 휴대폰 대리점 쪽도. 보험회사 쪽도. 짱박혔는지 골목골목 좀 쭉 훑어 봐. 없어? 사방을 둘러 봐. 나를 쳐다보는 여자가 있나 좀 봐. 진짜 없어?"

용수는 "없어. 안 와"를 반복했다. 별안간 '퍽' 소리가 연이어 났다. 용수는 경찰이 쏜 최루탄 소리라고 했다. 용수는 빠져나갔던 군중들이 이쪽으로 몰려온다며 식겁한 목소리를 냈다. 흩어지고 멀어졌던 발짝 소리가 승우의 귓전으로 점점 격하게 들려왔다. 사방에서 기침소리가 났다. 토하는 소리도 났다. 용수가 기침을 했다. 승우도 코를 막고 기침을 했고 입 밖으로 토사물을 줄줄 흘렸다. 군중들은 무대 저편과 승우가 있는 쪽으로 우, 아, 악, 왝, 꽥꽥…… 대는 소리를 내며 몰려왔다.

"신용수!"

승우가 불렀다. 대답이 없었다. 또 불렀다. 여전히 용수의 목소리는 들을 수 없었다. 다시 용수를 부르는 순간 누군가가 승우를 밀치며 지나갔다. 승우는 들고 있던 흰 지팡이를 놓치며 길바닥에 넘어졌다. 엉덩이를 하늘로 쳐들며 머리를 숙였다. 쫓기는 소리와 쫓는 소리, 비틀거리는 소리가 났다. 누군가가 왼발을 스치며 지나갔다. 그 순간 승우의 왼쪽 운동화 한 짝이 벗겨지고 말았다.

"내 신발 '함께걸음' 한 짝을……."

머리를 쳐들었다. 주위를 더듬었다. 지팡이를 잡았다. 주위를 빙빙 돌며 지팡이로 땅을 토닥였다. 운동화는 잡히지 않았다. 가까이서 '푸우, 피익' 소리가 연이어 났다. 소리와 함께 하늘에서 물이 쏟아졌다. 물은 또 분수처럼 솟구치는가 싶더니 폭포수처럼 쏟아졌다. 경찰의 물대포였다. 물은 승우의 머리와 어깨, 배를 타고 신발 속까지 스며들었다. 몸을 떨었다. 승우는 벗겨진 신발 한 짝을 찾기 위해 바닥을 기었다. 물대포 소리가 잦아들 때였다. 누군가의 발짝 소리가 울리는가 싶더니 이내 멈추었다. 승우는 누군가에게 왼쪽 발목을 잡혔다.

"누구요?"

대답이 없었다. 승우의 왼발에 신발이 신겨졌다.

"누구야. 신용수?"

"……."

승우는 그자의 팔을 붙들었다. 손을 만졌다. 얼굴도 만졌다.

"고윤지?"

"……."

틀림없는 윤지일거라고 판단한 승우는 백팩을 내려놓고 지퍼를 열었다. 비닐을 꺼냈다. 비닐 속에는 윤지의 신발인 콜트로바가 들어 있었다.

"콜트로바로 갈아 신어."

승우는 콜트로바를 비닐째 건넸다. 이윽고 '짝, 짝'하며 길바닥에 신발 떨어지는 소리가 났다. 잠시 후였다. 승우의 손에 묵직한 비닐이 들려졌다. 비닐을 열었다. 신발이었다. 승우는 신발을 만지작거렸다. 그러고 나서 머리를 하늘로 쳐들며 소리쳤다.

"달 잡았다! 내가 외포리 보름달을 잡았어! 콜트스트링 지붕 위에 뜬 겨울 달도 잡았어!"

비닐 속 신발은 '달로바'였다.

폴아카데미의 생활기록부

폴아카데미의 현장견학 수업으로 광화문 사진전을 관람하던 수강생들이 '이순신 장군 동상' 앞으로 모여들었다.

"형! 수업 종료야."

동상을 등지고 선 민주는 오른쪽을 바라보며 신준태에게 알렸다.

진보단체의 '4·3항쟁 문화제'에 대한 맞불집회의 일환으로 보수단체가 주최한 〈건국의 아버지. 이승만!〉이라는 사진전에 전시된 삼십여 점의 사진 중 〈4·3-공비소탕 축하대회〉라는 제목의 사진을 보던 준태가 말했다.

"이 장면만 좀 더 보고 갈게."

민주는 준태를 멀뚱히 쳐다보았다.

"근이 형! 수업 종료래."

동상을 등지고 선 누리가 왼쪽으로 고개를 돌리며 구만근에게 알렸다.

진보단체가 주최한 〈4·3, 그 처절한 민중의 고통과 절규!〉의 사진전을 관람하던 만근은 머리를 끄덕였다.

"한 컷만 더……."

누리는 만근의 말에 뜨악한 표정을 지었다.

정중호는 동상 앞에서 준태와 만근을 기다렸다.

정중호가 발표를 했다.

"어느 비영리시민단체는 활동목표로 '권력에 대한 감시와 견제, 합리적이고 타당한 비판, 실현 가능한 대안 제시, 사회적 약자와 소수자의 목소리에 귀를 기울인다…… 시민의 참여가 근본'이라고 했습니다……."

발표가 끝나자 '시민의 참여정치'를 가르치는 고 강사가 강의를 했다. 스크린에 영상을 띄웠다.

"4·3 진상규명위원회와 진보단체가 광화문에서 사진전과 함께 문화제를 개최한다는 정보를 입수한 한 단체에서 태극

기와 성조기를 들고 시위를 하면서 이승만 사진전을 열었습니다. 우리는 그 현장을 목도했습니다. 경계선에서 좌우를 보거나 각 단체가 전시한 사진도 관람했습니다. 그들의 주위를 돌면서, 앉거나 서거나 걷거나 물러서거나 마주하거나 등을 돌리면서……."

강의를 마친 고 강사는 '사진전과 문화제, 시위'에 관한 수강생들의 의견을 듣는 시간을 갖도록 하겠다고 말했다. 준태가 가장 먼저 손을 들었다. 고 강사는 준태를 강단으로 불러냈다. 고 강사는 준태에 대한 동영상을 스크린에 쏘았다.

"신준태 씨는 4·3에 대한 진상규명을 외치는 집회에 합류하다가 4·3 사진전으로 갔군요. 관람하는 두 곳에서 오랜 시간 머물렀고. 견학 시간이 끝날 무렵에는 이승만 사진전에 전시된 사진 한 장을 한동안 보았는데……."

준태는 동영상으로 고개를 돌렸다. 고 강사는 영상 속의 준태를 향해 레이저포인터를 흔들었다.

"새가 나오는 사진에서, 사진을 바라보는 신준태 씨의 표정은 읽을 수 없겠지만 보시다시피 움직임이 포착되는군요. 한 걸음 물렀다가 다가섰다가 위아래 좌우를 살피는 모습을 볼 수 있어요. 주머니에 손을 넣거나 팔짱을 끼거나 다리를 교차하거나 짝다리를 짚지 않았어요. 무난한 관람 태도예요. 4·3 항쟁과 같은 내용의 전시전일수록 경건한 자세로 감상해야 합니다."

준태의 입꼬리가 위를 향하는가 싶더니 이내 정색을 했다. 고 강사가 말을 이었다.

"그런데 신준태 씨! 준태 씨는 그 한 장의 사진 앞에서 세 번이나 앉았다 일어섰는데…… 머리를 위쪽으로 향했다가 멀뚱멀뚱 먼 산을 바라보는가 싶더니 땅으로 고개를 떨어뜨리고. 좌우를 살피다가 사진을 쓰다듬는군요. 대부분 수강생들을 보세요. 그 사진을 힐끗거리다가 다른 곳으로 이동하는 것을 확인할 수 있어요. 신준태 씨?"

고 강사와 수강생들을 바라 본 준태는 다시 스크린으로 눈을 돌렸다. 그런 후 휴대폰을 검색했다. 휴대폰에 뜬 내용을 수강생들과 고 강사에게 내보였다.

"광화문에 전시됐던 사진 중 한 장입니다. 숲속의 까마귀가 보이죠? 고개를 들어 〈소나무에 앉아 있는 까마귀떼〉를 보았습니다. 땅에는 조릿대가 지천에 깔려 있고 조릿대 안에는 돌담이 있고 돌담 안에는 녹슨 무쇠솥과 깨진 사기그릇이 있습니다. 4 · 3 항쟁 때 제주도민의 산중 은신처이지요. 그들은 왜 산중에 숨어 살았을까요? 국가 폭력 때문이었습니다. 친일파를 처단하자, 통일독립 완수하자, 부패경찰 몰아내자, 양과자를 먹지 말자는 구호를 외치고 행진하는 도민들에게, 소련과 북로당의 사주를 받아 남한을 소련에 예속시키려는 공산주의자들의 음모와 계략이라며 그들 모두를 빨갱이와 폭도로 규정하고 대대적인 소탕작전을 펼쳤습니다."

준태의 목소리가 가늘게 떨렸다.

"자, 그럼 사진 속의 까마귀 떼를 유심히 보겠습니다. 어디를 보고 있나요? 땅을 보고 있습니다. 단순한 땅일까요? 아닙니다. 인간의 사체입니다. 토벌대에 의해 도륙되고 총살당한 사체. 까마귀 떼의 밥입니다…… 밥을 또 기다리는 그 까마귀 떼. 생각이 다르다는 이유로, 생각이 다른 사람들에게 고구마를 건넸다는 이유로, 생각이 같을지라도 생각이 다른 사람이 가족과 이웃이라는 이유로 처단했습니다. 그 토벌대에 속한 경찰과 군인과 서북청년단과 미국에 구걸하는 정치인. 그들은 누구였던가요? 동족이었나요? 토착왜구였나요? 군사기지를 탐한 미군정의 꼭두각시였나요?"

준태는 또 한 장의 사진을 내보였다.

"이 사진은 이승만 사진전에 전시된 사진을 찍은 것입니다. 이 사진까지만 보겠습니다. 보입니까? 〈공비 완전소탕 축하 대회〉가 열린 제주 관덕정 광장에서 대통령이 도민들을 향해 연설하는 장면입니다. 연설을 지켜보는 도민들도 보이시죠? 이 광장은 도민의 광장이 아닌 대통령을 위한 대통령의 광장이 되고 말았습니다. 관덕정 일대의 가두시위대를 구경하던 도민들이 경찰과 미군에 의해 총살당한 광장. 피살의 광장에서, 계엄령 선포로 살해된 도민의 광장에서. 굴속에서, 오름에서, 탄흔지에서, 마을에서 불 타 죽고 총 맞아 죽고 죽창에 찔려 희생된 자들의 부모가 배우자가 자식이 형제가 당숙이 조카가 이웃들이 모인 광장에서. 자국민의 목숨보다 미국의 빵을 중시한 살인 대통령……."

"신준태 씨!"

만근이었다. 만근은 머리를 젖히고 턱을 올리며 준태를 노려보았다.

"살인 대통령이라니. 얻다 대고 그런 막말을. 대한민국 건국

82

의 아버지예요! 그런 분에게 살인을 운운 하고……."

"잠깐만요!"

준태가 말을 끊었다. 고 강사에게 고개를 돌렸다. 고 강사가
누굴 찾는지 강의실을 두리번댔다.

"정중호 씨!"

고 강사가 불렀다. 정중호가 단상에 올랐다. 정중호는 수강
생들을 바라보았다.

"아까 그분 자리에서 일어나 보세요."

만근이 일어섰다.

"성함이 어떻게 됩니까?"

"구만근입니다."

"구만근 씨! 계속하세요."

만근이 말했다.

"살인행위니 뭐니 운운하는데 국가 전복을 획책하는 폭도
들에 대한 정당방위 차원의 발포였고 저지였어요."

준태가 차분한 목소리로 반박했다.

"도민들이 국가기관에 폭력을 행사했나요? 정당방위 차원
의 발포라고 했는데, 총포를 공중에 대고 위협하는 차원의 사

격이었나요? 최루탄을 쏴서 흩어지게 한 발포였나요? 후우. 그리고 좀 전에, 건국의 아버지라고 했죠? 건국의 아버지. 그런 논리라면 민중은 자식이 되나요? 아버지와 생각이 다르다는 이유로 아버지가 대화는커녕 유희적 살인과 무자비한 참수까지도 방조와 묵인…… 청부살인을 해도 되는 겁니까?"

만근이 핏대를 세우며 소리쳤다.

"그건, 논리 비약이야!"

수강생들의 시선이 준태와 만근 사이를 바쁘게 오갔다. 누구에게 동조하는지 알 수 없었다. 각자의 목소리가 울릴 때면 곳곳에서 각자를 향해 머리를 흔들거나 끄덕이거나 박수를 쳤다. 정중호는 준태에게 발표를 마무리하도록 했다.

'역사와 진실을 왜곡한 자들의 사상과 프로필'에 대한 시청각 교육이 끝나자 민주가 휴대폰에서 사진 한 장을 내려 받았다. 사진을 준태의 눈앞에 펼쳤다.

"형, 이걸 좀 봐."

사진을 본 준태는 하얗게 웃었다. 〈이승만 사진전〉과 〈4·3 사진전〉에서 찍힌 준태와 만근의 사진이었다.

"누가 찍은 거야?"

"구만근 러닝메이트 누리가 '정실연(정의실천연대)' 단체톡방에 올린 건데. 누리가 찍지 않았을까? 근데 사진을 잘 봐."

민주는 사진을 준태의 얼굴 가까이 댔다.

"뭐가 문젠데?"

"보고도 모르겠어? 표정을 보라고."

민주는 사진에 손가락을 댔다.

"형은 웃고 있고, 구만근은 심각한 얼굴을 하고 있어. 이승만 앞에서는 형이 웃고 있고, 4·3에서는 구만근의 얼굴이 진지하단 말야."

준태는 정색하는가 싶더니 이내 웃음을 머금었다. 민주가 말했다.

"의도된 업로드가 아니면 뭐야. 구만근 쪽에서는 이런 순간을 포착하기 위해 수십 장면을 카메라에 담았을지도 몰라. 이건 그중에서 엄선한 한 장일 수도 있고……."

민주는 구만근 쪽의 행위에 적극 대응할 필요가 있다고 말했다. 준태는 입을 다물고 표정관리를 했다. 저편 행위에 대고, 먹음직한 사과도 있고 배도 있는데 왜 떫은 감만 났냐며 대응해서는 곤란을 겪을지도 모르는 일이었다. 의도된 편집이 아니라면 사실을 사실대로 보여준 그들의 행위는 잘못이 없을뿐더러, 그 순간에 어떤 상상으로 이승만의 행위에 찬동하는 모습의 얼굴이 되었는지 모를 준태 자신의 행위에 대한 자책이 우선이라는 생각이 들었다. 자칫하다간 그들의 전술과 묘책에 말려들어 참패할지도 모르는 일이었다.

폴아카데미(폴리틱스 아카데미) 수강은 선거의 일환이었다. '정실연' 회원인 준태와 만근은 정실연 회장 선거를 앞두고 폴아카데미에서 육 개월 과정을 밟아야 했다. '정치에 관심 있는 사람, 정의를 지향하고 정의로운 사람, 건전한 비판을 행하며 적극적으로 활동할 수 있는 자'면 정실연 가입은 언제든지 누구나 가능했다. 준태와 만근은 입회 동기였다. 같은 날에 가입했다. 준태는 대학 동기인 민주의 추천으로 가입했고, 만근은 두 살 적은 누리 추천이었다. 올해가 준태와 만근이 입회한 지육 년째 접어든 해였고, 그들은 정실연 회장 선거에 후보로 나섰다. 회장 등 임원의 임기는 삼 년이며 중임도 가능했다. 임원으로 출마할 수 있는 자격은 정실연에 입회한 지 오 년 이상으로 회원으로부터 신망이 두터운 사람이면 가능했다. 또한 회장과 사무국장에 입후보할 수 있는 자격은 이사회에서 부여한 미션을 행한 자였다. 이번 미션은 폴아카데미 수강이었다. 사무국장은 관례상 선거운동 기간 중 회장 당선을 위해 걷고 뛰는 러닝메이트가 임명되지만, 회장은 달랐다. 회장은 투표에 참여한 회원의 득표율과 미션 수행의 결과를 합산해서 우열을 가려야 했다.

준태가 입을 열었다.

"광화문 현장견학을 계기로 만근의 머리와 가슴이 어느 쪽에 있는지 알게 된 것 같아. 폴아카데미에 오기 전, 정실연 모임 때 정의에 불타는 정의파라고 공언해서 정의파인 줄 알았는데, 이제 보니 아닌 것 같아. 자신의 사상만이 정의롭고 자신이 가는 길이 정의의 길이라는 그만의 주의를 짐작하게 되었어."

민주는 귀를 가까이 댔다. 준태가 말을 이었다.

"그래도…… 우리는 우리를 보여줄 뿐이라는 전략으로 가는 게 옳지 않을까? 폴아카데미에서 수강하는 장면이라든지 발표 내용이라든지……."

"적이 적을 왜곡하는데도?"

"때를 봐서 단호하게 대처하고……."

"그래야겠지. 만일의 사태에 대비해서 만근 쪽의 동향을 예의주시하고 있거든. 자료도 확보 중인데. 그쪽 태도를 보고 반박하든지 터뜨리든지 해야겠어."

준태가 머리를 끄덕였다.

폴아카데미 휴게실에서 준태는 맞은편에 앉은 민주에게 속삭였다.

"좀 이상하지 않아?"

"누가?"

"정중호와 폴아카데미 관계."

"어떤 점이?"

민주는 눈을 둥그렇게 떴다. 준태는 머리를 갸우뚱거리며 정중호를 둘러싼 폴아카데미에 대한 의문점을 늘어놓았다. 준태가 정중호와 폴아카데미의 관계에 대해 의문을 품은 것은 개강 첫날부터였다. 사전에 교감을 나눴는지는 알 수 없었지만 첫 수업인 '정치와 언론'시간에 강사는 수강생 자리에 앉아 있는 정중호에게 그의 이름을 부르며 발표하도록 했다. 준태뿐만 아니라 정실연에서 온 수강생들의 이름도 파악 못한 강사가 유독 정중호를 지명한 것은 친분이 있거나 인적사항을 사전에 파악하고 있다는 점이나 다름없었다. 정중호는 스스럼없이 단상에 올랐고 십여 분 넘게 강사가 제시한 주제를 거침없이 발표했다. 내용에 따른 어조나 표정과 몸짓은 청중을 사로잡기에 충분했다. 발표가 끝나자 제자리로 갔다.

이후로도 정중호는 수업이 있는 날이면 거의 매번 발표를 했다. 어떤 날은 사회를 보기도 했다. 이른바 범생이었다. 모범생으로 띄우기 위한 폴아카데미의 디자인인지는 알 수 없었지만 어쨌든 정중호는 수강생들에게나 강사진에게 모범생으로 통했다. 수업에 임하는 태도 또한 남달랐다. 수강생들 중 가장 먼저 출석해서 입실하는 수강생들에게 인사를 했고 상황에 맞는 몸짓과 자세를 취하거나 흐트러진 모습을 보이지 않았다. 수업준비 또한 나무랄 데가 없었다. 준태와 만근을 비롯한 수강생에게는 선망의 대상이었다.

정중호는 그랬다. 그러나 회식이 있던 며칠 전은 그의 이미지와는 거리가 멀어보였다. 준태의 눈에는 그렇게 보였다. 강사 한 명이 수업을 펑크 내는 바람에 수강생들의 제의로 편성

된 회식이었다. 인솔자는 정중호였다. 회식이 끝나자 정중호는 유독 준태와 만근을 챙겼다. 정중호는 만근을 노래방으로 떠밀었고, 준태의 팔을 당겨 노래방으로 집어넣었다. 일곱 명이 룸으로 들어갔다. 룸에 들어섰을 때, 세 명의 여성이 자리를 잡고 앉아 있었다. 여성들은 일제히 일어나 정중호에게 인사를 했다. 정중호는 준태와 만근을 마주보며 앉게 했다. 준태와 만근이 자리에 앉자, 정중호는 두 명의 여성에게 눈짓을 했다. 그들은 각자 준태와 만근의 안쪽 소파에 엉덩이를 올렸다. 한 여성은 수강생들 사이로 몸을 들이밀었다. 마이크를 먼저 잡은 정중호는 신나는 한판이 되기를 바란다고 말했다. 두 시간 동안 목청껏 질러대고 흐늘거리며 놀았다. 수강생들과 함께 노래방을 나온 준태는 더 붉게 반짝이는 거리로 비틀거리며 걸어가는 만근과 아직도 멀쩡한 정중호 그리고 여성들을 뒤로 한 채 집으로 향했다.

준태가 정중호에 대한 의문점을 늘어놓자 민주도 호기심 어린 표정을 지었다.

시국이 하수상한 탓일까. 여느 때와 달리 폴아카데미의 수강생들이 떼를 지어 휴게실로 몰려왔다. 휴게실에서 회장 선거에 대한 전술을 짜던 준태와 민주는 그들에게 머리를 돌렸다. 민주가 준태의 팔을 건드리며 손가락을 입술에 댔다. 이야깃거리가 있어도 지금은 멈추라는 신호였다. 정중호와 만근과 누리도 휴게실로 들어왔기 때문이다. 만근과 누리는 자판기에서 음료수를 뽑아들고 앉을 자리를 물색했다. 준태와 민주의 옆자리가 비어 있는데도 그들은 힐끗거리기만 할 뿐이었다. 자리를 잡은 만근과 누리의 눈동자는 정중호의 움직임을 따라 움직였다. 정중호의 시선이 만근 쪽으로 향하자 만근은 정중호에게 오라는 손짓을 했다. 정중호가 만근의 자리로 갔다. 대화의 주제가 무엇인지는 알 수 없었지만 만근은 정중호를 마주보며 끊임없이 입술을 벌렸다. 시간이 흐를수록 만근의 목소리가 준태의 귀에 더 크게 울렸다. 만근은 휴대폰을 정중호에게 내보였다.

"패스트트랙…… 유튜브에 나왔는데 좀 보세요…… 빠루와 망치…… 여당인 서민당이 국회 시설물을 파손하고, 야당인 동한당 의원들에게 폭력을 행사하고…… 서민당 출신 국회의장이 성추행…… 독재타도 헌법수호…… 동한당 전국순

회 투쟁은 좌파독재를 타도하기…… 김정은 대변자들, 빨갱이들…… 패스트트랙은 민주주의 정신을 훼손…….”

만근은 오른손을 높이 들며 외쳤다.

“타도하자 서민당!”

준태는 눈썹을 일그러뜨리며 입술 끝을 내렸다. 목과 머리를 젖히며 주먹을 움켜쥐었다. 만근이 입을 닫자 누리가 박수를 쳤다. 휴게실 곳곳에서 박수소리가 났다. 정중호는 눈을 사방으로 돌렸다. 정중호 시선이 준태와 민주에게 향했다. 정중호는 마시던 음료수를 들고 준태의 자리로 왔다. 정중호가 질문을 한다면 만근이 토해 낸 열변에 대한 견해일 것 같았다. 다른 질문일지라도 만근의 외침에 대한 반박의 기회로 삼고자 했다. 준태는 정중호가 입도 열기 전에 목소리를 가다듬었다. 정중호의 물음은 준태가 짐작한 바였다. 만근과 만근을 지지했던 수강생들의 시선도 준태 쪽으로 쏠렸다. 준태는 만근을 노려보았다.

“가짜로 편집한 유튜브의 ‘빠루와 망치 사건’을 제시하다니. 서민당과 국회사무처가 닫힌 문을 열기 위한 도구였는데…… 뉴스에서 봤듯이 수구세력들이 의안과를 점령해서 접수된 서

류를 빼앗고 팩스를 망가뜨리고, 국회 직원을 감금해서 공무 집행을 방해한 행위, 회의를 방해한 자는 엄벌에 처하자고 만들었던 그 동한당이 스스로 법을 어기는 아이러니. 선거법이 개정되면 머리가 허연 자들의 지지만으로 그들의 존재가 멸실될까 두려워 합의는커녕 대화마저 거절하면서, 가짜뉴스 유튜브에 무한한 지지와 신뢰를 보냈던 그들. 진실을 왜곡한 그들. 그들이 독재타도? 하하하 코미디가 코미디언들만의 전유물인줄 알았는데, 국회의원이 삼류 저질 코미디언인지 이제야 알게 되었네.

독재타도라는 용어를 얻다 대고 감히 붙여! 칠·팔십 년대 학생들과 국민들이 독재타도를 외칠 때, 독재의 핏줄로 태어나서 독재의 품에서 독재를 습득하고 살인을 옹호했던, 인권을 말살하면서 독재의 후예임을 자랑스럽게 여긴 그들이 누구에게 독재를 들먹여! 의견이 다른 자와 정의를 외치며 저항하는 자들을 모조리 종북빨갱이로 몰아붙여서 배를 채우며 살았거나 살고 있는 그들. 일본의 횡포에도 침묵으로 일관하며, 스스로 왜구가 되어 왜구들과 토착왜구들의 눈치 보기에 급급한 그들. 죽기 살기로 그들 당의 대표를 좇으며 공천용

눈도장 받기에 혈안이 된 꼭두각시들. 후우우 이번에 난, 동물 국회의사당에서 금수의원禽獸議員들의 울부짖음을 들었고 처절함을 봤어요. 또 보았죠. 급기야 의사당 울타리를 넘어 이탈한, 병이 든 금수들이 인간세계에 출몰해서 환부를 치유하기는커녕 바이러스를 퍼뜨리기 위해 모이와 사료를 달라고 아우성인 것을……."

"픽!"

만근이 탁자를 치며 자리에서 일어났다. 주먹을 불끈 쥐며 거친 숨을 몰아쉬었다. 수강생들 눈동자가 만근과 준태를 오갔다. 정중호가 준태를 향해 손바닥을 폈다. 말을 그치라는 신호였다. 준태가 입술을 닫았다. 민주가 엄지를 치켜 올렸다. 박수를 쳤다. 휴게실 곳곳에서 박수소리가 났다. 박수가 끝나자 준태는 현 시국에 대한 정중호의 관점을 물었다. 정중호는 씩 웃으며 휴게실을 빠져나갔다. 준태와 민주는 정중호의 뒷모습을 보며 고개를 갸우뚱거렸다.

유세장을 방불케 했던 휴게실의 열변 이후, 폴아카데미는 준태파와 만근파로 갈리고 말았다. 만근에게 박수를 보냈거나 그에게 동조했던 수강생들은 만근 쪽에 자리를 잡고 앉았고 준태를 지지한 수강생들은 준태 쪽에 쏠려 강의를 들었다. 정중호의 자리는 정중앙이었다.

역사왜곡처벌법을 제정하라!
제정하라! 제정하라! 제정하라!

국회의사당 앞에서 열린 '역사왜곡처벌법 제정 범국민 촉구대회'에 준태와 민주는 바닥에 신문지를 깔고 앉아 동참했다. 팔을 들었다 내린 민주는 휴대폰을 꺼내들고 준태에게 말했다.

"형, 누리가 올린 톡 봤어?"

"보긴 봤는데……."

"대답이 왜 그 모양이야?"

민주는 정실연의 단체카톡방을 열었다.

"이거부터 봐."

누리가 이른 시간대별로 올린 사진과 글을 펼쳐보였다. 만근이 폴아카데미에서 4·3항쟁에 대해 발표하는 모습과 그에 대한 글이었다.

수강생들 틈에서 일어선 만근이 강단에 서 있는 준태에게 팔을 들면서 항의하는 모습이었다.

사진을 설명하는 글도 아래쪽에 있었다.

"폴의 '4·3항쟁'—문제를 제기하는 구만근, 박수치는 수강생, 그리고 침묵하는 자."

민주는 다음 사진을 위로 올렸다. 폴아카데미 휴게실에서 구만근이 정중호에게 패스트트랙에 관해 열변을 토하는 장면과 구만근을 향해 박수치는 수강생들의 모습, 멀리서 만근을 바라보는 준태와 민주의 모습을 포착한 사진이었다.

그다음은 사진에 대한 설명이었다.

"폴의 패스트트랙, 구만근에게 환호하는 수강생들, 그리고 침묵하는 저편."

바로 밑은 만근의 댓글이었다.

"ㅋㅋ."

역사왜곡 망언자는 퇴출하라!

퇴출하라! 퇴출하라! 퇴출하라!

준태가 참여자들과 함께 복창을 하며 팔을 앞뒤로 흔들고 내리자 민주는 준태의 표정을 살폈다. 준태는 입술을 오므렸다. 민주는 입술 끝을 내리며 더 아래쪽 내용을 밀어올렸다.

"이걸 봐."

만근이 올린 유튜브 동영상이었다. 제목은 '좌파독재들의 빠루와 망치'였다. 만근의 댓글도 달려 있었다.

"신성한 국회에 동원된 빠루와 망치."

민주는 만근 편에서 올린 마지막 내용을 끌어올렸다. 만근이 올린 신문기사의 제목과 댓글이었다.

"동한당 대표, 전국 돌며 좌파독재 타도를 외치다!"

"정의의 길."

마지막 장면을 본 준태는 킥킥 웃었다. 민주는 준태를 빤히 쳐다보았다. 준태가 말했다.

"저편에서 그 따위 유튜브와 신문기사를 올린 건 자충수고 자멸의 길이야. 역풍을 맞을 수 있어."

민주가 머리를 좌우로 흔들었다.

"그건 착각이야. 정실연 회원들 절반 이상이 오십 대야. 그분들의 의식과 투표성향을 무시할 순 없어. 구만근 편일 수도 있다구."

준태의 입가에 웃음기가 사라졌다. 민주가 페이스북과 트위터를 검색했다.

"누리와 구만근이 이쪽으로도 올렸어. 공감한 사람이 벌써 칠십 명에 육박했고. 그중에 정실연 회원도 서른 명이 넘어. 비록 이백오십여 회원 중, 십이 퍼센트 정도일지라도…… 눈팅만 한 샤이지지층도 상당수에 이를 거야. 그분들이 모두 투표장으로 온다면 구만근이 회장에 당선될지도 몰라. 그래서 하는 말인데 우리도 이에 적극 반박하는 내용을 올려야겠어."

준태가 눈을 지그시 감았다 떴다.

"그냥 내버려 두는 게 좋겠어. 상대방 자극할 필요 없이 우리는 우리들의 활동만 사실대로 올리면 충분하다고 생각해."

"상대가 사실을 왜곡하는데도 바로잡지 말라는 얘기야?"

"회원들이 심판하겠지."

"심판의 날까지 기다리자구? 그땐 늦어. 머릿속에 한 번 각인되면 회복이 쉽지 않아. 과연 우리 바람대로 회원들이 심판할까?"

민주의 휴대폰에서 전화벨이 울렸다. 전화를 받고 난 민주는 아연한 얼굴로 휴대폰을 탁자에 올려놓았다.

"궂은일이야?"

민주가 머리를 끄덕였다.

"정실연 이사한테 온 전환데 열일곱 명이나 회원가입을 신청했대. 구만근 추천으로. 그것도 폴아카데미 수강생들이라는데. 다음 달 이사회 때 승인여부가 난다고……."

준태는 말이 없었다.

"어떡해? 보고만 있어야 되느냐구!"

준태는 또 입을 열지 않았다. 민주는 눈을 감았다 뜨며, 깔고 있는 신문지를 거두고 준태의 눈에서 멀어졌다.

강단에 오른 정중호가 발표를 했다.

"정치인의 덕목은 높은 도덕성과 신뢰성입니다…… 상대를 폄훼하기보다는 자신의 품격부터 높여야 한다고 봅니다. 막말을 해대거나 도덕성을 일탈한 정치인은 민의를 대표할 자격이 없습니다. 없습니다. 없습니다……."

정중호는 '없습니다'를 반복하며 수강생들을 훑어보았다. 민주를 보았다. 준태도 보았다. 누리와 만근을 보았다. 모두

보았다. 다른 수강생을 보기 위해 만근을 본 것인지, 준태를 보기 위해 만근을 본 것인지 혹은 그 반대인지는 알 수 없었다. 정중호가 시선을 거두기 직전의 눈은 만근 쪽에 있었다. 눈동자를 천장으로 올리는가 싶더니, 다시 만근 쪽을 주시하며 '없습니다'를 한 번 더 언급한 뒤 발표를 이어갔다.

"신뢰할만한 출처…… 진실만으로 주장에 대한 근거를 강화해야 합니다. 허위사실을 유포하거나, 사실을 왜곡해서 유권자들의 판단을 흐릿하게 하는 행위는 국민을 개와 돼지로 여기는 것과 다를 바 없습니다. 그들의 주장은 똥 묻은 신문지에 불과합니다. 패거리 정치, 지역감정을 조장하거나 공작정치를 감행하는 위정자, 민생은 팽개친 채 이利와 약略에 눈이 먼 정당, 법을 범하고도 법질서를 무력화하려고 전국을 돌아다니며 세를 과시하려는 교활한 정치인, 권력자에 줄을 서고 자신의 안위만을 추구하는 정치인은 국민의 심판으로 퇴출되어야 합니다……."

정중호의 발표가 끝나자 수강생들의 박수와 환호가 강의실에 가득했다. 준태도 만근도 민주도 누리도 힘찬 박수를 보냈다. 준태가 목을 길게 빼며 민주를 돌아보았다. 민주는 준태 편에 있었지만, 그녀의 자리는 준태가 앉은 자리에서 가장 먼 뒤쪽 가장자리였다. 지난 시간까지만 해도 준태 옆에 앉아서 눈을 맞추거나 숨소리까지 들려주었다. 눈동자의 지향점이 필요치 않을 때 수강생들은 좌우를 보거나 앞뒤를 서로 쳐다보며 눈의 피로를 해소한다. 저편의 누리는 만근에게 일편단심인데도, 민주는 준태에게 눈길 한 번 주지 않았다. 강의가 끝날 때까지 민주는 준태를 외면했다. '역사왜곡처벌법 제정 범국민 촉구대회'에 참가한 뒤부터, 마주치면 비껴가고 다가가면 등을 보이며 거리를 두었다.

폴아카데미의 수업과정도 삼 주 정도 남았다. 만근과 누리가 뭉치고 만근파가 만근을 위해 만근의 길을 닦고 있는데도, 준태파는 움직임이 없었다. 준태파는 그들끼리 통하지만 세 확장을 꾀하지 않았다. 폴아카데미의 수업과정만 따를 뿐이었다. 민주는 여전했다. 더 견고한 장벽을 쌓는 중인지 누그러뜨리는 중인지 그 마음은 헤아릴 길이 없었지만, 민주의 기분 전환을 위해 그녀가 개진한 의견을 수용할 수는 없는 노릇이었다. 정말이지 준태의 정실연 회장 출마는 민주가 부추긴 탓도 없지 않았다. 누리의 추천으로 정실연에 입회한 만근의 회장 출마가 민주를 자극했다. 회원 구만근은 용서할 수 있어도 회장 구만근은 막고 싶다고 했다. 만근이 준태의 입회 동기라는 산술적인 부분에 대한 질투심이라기보다는 호감을 느낄 수 없었기 때문이었다. 민주에게 만근은 근본을 알 수 없는 사람이었다. 정실연은 정치에 관심을 갖고 정의로운 정치를 위해 정치인을 감시하고 평가하는 건전한 비판 세력으로서의 시민단체라고 자처하는데 만근은 정실연의 모토와는 거리가 멀어보였다. 민주에겐 그랬다. 국민의 눈높이에서 때론 진보를 때론 보수를 비판하고 옹호할 수도 있다. 정실연은 어느 편도 아닌 정의의 편이라지만 만근은 정의로운 정치를 빙자한 그 나름의 정의의 길을 걷는 인물이었다.

회원들의 환심을 얻기 위해서라면 물불을 가리지 않았다.

정실연에서 만근은 서민당의 지지자를 만나면 서민당에 붙었고 동한당을 만나면 그쪽을 응원했다. 만근의 전력 또한 머리를 갸우뚱거리게 했다. 만근은 보수시민단체 몇 군데를 전전하면서 회장과 사무국장에 출마했으나 고배를 마셨고 진보단체에 발을 디뎠다가 그곳에서도 냉대를 받고 정실연에 가입했다는 소문도 자자했다. 정계 진출의 교두보로 삼으려는

지, 민주는 그러한 그가 정실연의 얼굴이 되어 지휘봉을 잡는 모습을 보고 싶지 않다고 했다. 더구나 만근이 단독 후보로 나선 마당이어서, 민주는 만근의 대항마로 준태를 내세웠다. 회장 후보로 준태를 추천했다. 회장은커녕 회장단에 참여하는 것마저 관심을 두지 않았던 준태는 민주의 강력한 요청을 받아들일 수밖에 없었다. 만근의 집권만은 눈을 감아도 느끼고 싶지 않다는 민주. 준태가 수차례 거절도 했지만, 후보로 나서지 않는다면 동반탈퇴 불사를 운운하는 등 민주는 준태에게 압박을 가했다. 이를 견디다 못한 준태는 후보를 수락했고 폴아카데미에 온 것이다.

폴아카데미 과정에 대한 수료는 회장 후보라면 이행해야 될 의무였다. 정실연에서 수업료를 전액 지불하는 조건이었는데, 선거 때마다 폴아카데미 수료증과 성적을 요하는 건 아니었다. 미션이 달랐다. 지난 선거 때는 사회봉사활동 이수였다. 미션은 모두 정실연의 이사회에서 의결된 사항이었다.

폴아카데미 수료까지는 삼 주 정도 남았지만 수강생들의 성적은 알 길이 없었다. 시험을 치른 적도 없었고, 무엇으로 혹은 어떤 근거로 학생들의 성적을 도출해 내는지 스무 날이 넘게 남은 지금까지도 아는 자가 없었다. 강사들은 수강생의 수업태도와 활동상황을 체크해서 우열을 가린다고 했지만, 수강생들에게는 깜깜이었다. 폴아카데미의 성적을 반영한다는 정실연의 선거제에 대한 미션이 의아할 따름이었다. 선거가 코앞인데도 민주는 준태에게 뒷모습만 보일 뿐이었다.

출근길이었다. 주차를 하고 엘리베이터를 탔다. 층수를 눌러놓고 휴대폰 화면을 터치했다. 액정에 'facebook 구만근 님이 업데이트를 게시했습니다'가 떴다. 준태는 구만근이 게시한 페이스북을 열었다. 127명이 공감을 표시했습니다. '상태보기'를 클릭했다. 어젯밤 10시 26분에 올린 글과 사진이 눈에 들어왔다.

폴아카데미 수료가 얼마 남지 않았다.
성적이 궁금하다.
성적은 수료식 때 나온다고 한다.
성적이 잘 나와야 정실연 회장 선거 때 유리한데…….
그 전에 기쁜 소식 한 가지를 전하고자 한다.

104

폴아카데미에서 있었던 일이다.

수강생들을 대상으로 투표를 했다.

폴아카데미에서 공식적으로 실시한 투표였는데

'인기 최고 수강자!'로 내가 선정되었다.

리얼, 압도적 1위!

이놈의 인기!

정실연 선거에서도 이 여파를 이어갔으면 좋겠다.

　글은 '나에게 한 표를!'로 끝을 맺었다. 글 아래는 사진이었다. 구만근을 향해 환호하는 수강생들의 모습. 팔짱을 낀 채 다리를 벌리고 서 있는 만근. 사진 속에는 만근의 파트너인 누리도 있었다. 자타가 공인한 모범학생 정중호의 모습도 보였다. 멀찍이 서 있는 정중호는 멍한 눈으로 그들을 바라보았다.

　정중호 너머의 창문 틈에도 누군가 있었다. 머리카락을 목덜미 아래까지 늘어뜨린 자. 여자다. 누굴까. 그녀의 눈썹과 눈과 코가 휴대폰에 가려 있다. 윗옷은 타오르는 촛불무늬다. 여자는 사진 속에서 사진 속의 모습을 휴대폰에 담는 듯했다. 준태는 사진 속에 없었다. 사진 밑에는 댓글이 주렁주렁 달려 있었다.

'정실연 회장 구만근? ㅎㅎ' '축하해요. 또 축하할 것 같아요 ∧∧' '신준태 씨 어쩌나ㅜㅜㅜ' 등 구만근의 정실연 회장은 시간문제 같았다. 페이스북을 닫고 '38'이 달린 정실연의 단체 카톡을 보았다. 열었다. 만근이 페이스북에 올렸던 글과 사진이 올라와 있었고 댓글도 '추카추카' 일색이었다.

휴대폰에서 빠져나왔다. 엘리베이터에서 내렸다. 입술을 깨물었다. 머리를 좌우로 흔들었다.

'폴아카데미에서 공식적으로 실시, 최고 인기 수강자! 압도적 1위 구만근?'

수강생들이 강당으로 모여들었다. 폴아카데미 수료식이 있기 때문이다. 만근파는 여전히 만근이 앉은 쪽으로 자리를 잡았고, 준태파는 준태 편에 앉거나 만근파의 가장자리와 어느 파의 영역도 아닌 중앙에 자리를 잡았다. 계파를 무시한 수강생들은 자리에 연연하지 않았다. 민주는 준태 편에 있었지만 준태와는 멀찍이 떨어진 뒤쪽이었다. 준태는 민주에게 고개를 돌리곤 했다. 그럴 때마다 민주는 준태의 시선을 외면했다.

준태는 오른쪽 자리에 가방을 올렸다. 얼마 전까지만 해도 준태의 바로 오른 편에는 민주가 있었다. 준태는 좌중을 훑어보며 수강자들의 표정과 몸짓을 살폈다. 코를 만지며 좌우를 돌아보는 사람, 이마를 쓰다듬으며 생각에 잠긴 사람, 머리를 추스르며 정면을 주시하는 사람. 만근은 바로 옆에 앉은 누리와 대화를 나누며 머리를 끄덕이거나 이를 드러내며 웃고 있었다. 준태는 또 민주에게 시선을 주었다. 민주는 머리를 숙인 채 바닥을 보았다. 만근과 누리와 민주를 본 준태는 누군가를 찾기 위해 사방으로 눈을 돌렸다. 정중호였다. 볼 수 없었다. 보이지 않았다. 그러고 보니 오늘은 강의실에서부터 정중호는 모습을 드러내지 않았다. 시상식이라도 한다면 일등 상은 따놓은 당상인 그가 보이지 않다니. 궁금할 따름이었다.

수료식이 곧 거행될 것 같았다. 천장에서 수료식을 알리는 현수막이 내려왔다. 관리실 직원이 박스를 품에 안고 단상에 올랐다. 박스를 풀었다. 상장인지 수료증인지 알 수 없는 내용물을 교탁 옆 탁자에 올렸다. 강사진이 강당으로 왔다. 그들은 단상에 올라 마련된 의자에 선착순으로 앉았다. 마지막에 착석한 강사의 옆 의자는 비어 있었다. 이윽고 정중호가 등장

했다. '헉!' 준태가 입을 벌려 소리를 냈다. 수강생들도 '헉, 헉, 어, 아…….'를 외치며 술렁였다. 움찔거렸다. 단상의 빈 의자에 정중호가 앉았기 때문이다. 수강생들은 사방을 두리번대며 서로의 표정을 살폈다. 나나 너나 너도 나도 앞뒤나 옆이나 멀리나 유사한 표정이라는 걸 확인 후에도 같은 몸짓을 반복했다.

정중호가 교탁에 섰다. 마이크를 들었다.

"오늘 사회를 맡게 된 정중호입니다. 폴아카데미 원장님 말씀이 있기 전에 짤막하게 말씀드리고자합니다. 저는 수강생이 아닙니다. 강사입니다. 그동안 여러분 속에서 여러분과 함께 호흡하면서 여러분을 잘 알게 되었습니다. 여러분 속에 있었던 이유는 좀 더 가까이서 여러분을 파악하고 싶었기 때문입니다. 오늘 수료식에서는 여러분에게 수료증과 함께, 생활기록부를 수여합니다. 계량화한 점수나 등위는 매기지 않았습니다. 이번 기수에서 특이한 점은 '정실연'에 소속된 네 명의 수강자들입니다. 이분들 중 두 분에 대한 구체적인 자료는 정실연 요청으로 그곳에 보냈습니다.……."

정중호의 말이 끝나자 준태는 만근 쪽으로 얼굴을 돌렸다.

만근은 입술을 오므리며 눈을 깜박거렸다. 누리의 시선은 만근을 향하곤 했다. 준태가 강단에서 수료증을 받고 자리로 돌아왔을 때였다. 민주가 준태 옆에 앉아 있었다. 민주가 준태 쪽으로 몸을 틀었다. "헉! 그 여자가 그럼" 준태는 눈을 크게 뜨고 입을 벌렸다. 준태의 시선은 민주의 외투 안에 머물렀다. '촛불' '타오르는 촛불' 만근이 '최고 인기 수강자!' 라며 자랑 삼아 페이스북과 단체카톡에 올린 사진 속에서 있었던 '타오르는 촛불 무늬'가 새겨진 옷이었다. 휴대폰 속에서 그 장면을 꺼냈다. 민주의 눈앞에 사진을 펼쳤다.

"이 여자가 민주?"

민주가 그렇다고 말했다. 준태가 물었다.

"최고 인기 수강자 구만근, 폴아카데미에서 공식적으로 주최한 투표였어?"

"아냐, 정중호도 봤어. 날조야. 만근파, 그들만의 리그야."

민주가 자신의 휴대폰에서 카톡을 열었다. 준태에게 보였다.

"방금 정중호가 폴아카데미에서 '두 분에 대한 자료'를 정실연에 제출했다고 했잖아. 그 자료가 뭔지 방금 정실연 사무국장한테 물어 봤거든. 그래서 온 답인데. 이거네. 신준태 구만근의 강의실 안과 밖의 생활을 기록한 생활기록부 각 1부, 관련 근거자료인 동영상 각 1부, 어제 도착했음."

민주가 주머니에서 USB를 꺼냈다.

"이거 받아. 폴아카데미 첫날부터 그제까지 형의 활동자료야. 사진도 있고 동영상도 있고, 음성녹음도 있어. 구만근에 대한 자료도 들었고…… 하나 더 만들었는데 하나는 '정실연' 사무국으로 택배 보냈어. 아, 한 가지 더 전할게 있는데, 지난번에 구만근이 추천한 폴아카데미 수강생 열일곱 명 말이야. 그분들이 낸 회원가입 신청은 정실연 이사회에서 승인이 안 났대. 의도가 불순하다고."

준태의 눈시울이 붉어졌다. 준태와 민주는 폴아카데미의 정문을 빠져나오며 어깨를 폈다.

국상 선생이 떠나야 할까

12월 둘째 주 월요일이었다. 선생들이 회의실에 모였다. 교무실장인 국상 선생이 '수강생 현황'등 회의에 관련된 자료 한 부를 박 원장에게 제출했고 나머지는 교무주임인 국림 선생에게 건넸다. 국림 선생은 회의 관련 자료를 선생들에게 배포했다. 영어를 가르치는 영산 선생은 '악마의 출현'이라는 프렌치 카페를 선생들 자리에 놓았다. 국상 선생이 영어팀장에게 팀 회의 결과를 보고하도록 말하자 박 원장이 손사래를 쳤다.

　"잠깐만, 일이 해결되지 않으면 교무실장은 회의를 주재할 수 없어요. 내가 사회를 볼 겁니다."

　박 원장은 각 과목 팀장들에게 '지시사항'에 대한 이행 여부와 '보고사항'을 보고하고 안건이 있으면 발표하라고 했다. 국림 선생은 '중2 블랙반'에 대한 문제를 제기했다.

"다음 주 월요일까지는 블랙반 아이들에 대한 결론을 내셔야겠습니다."

안건을 낸 국림 선생과 참석한 선생들의 시선, 박 원장의 시선도 국상 선생에게 쏠렸다. 국상 선생은 얼굴을 붉혔다. 올 것이 오고야 말았다. 블랙반에 대한 문제는 국상 선생과 직접적인 관련이 있는지라 이제는 덮을 수도 피할 수도 없는 상황이었다. 국상 선생이 말했다.

"다음 주 이 시간 이전까지 블랙반 아이들에 대한 문제 해결을 위해 노력하거나 원장님께 저의 입장을 따로 밝히도록 하겠습니다."

국림 선생과 눈길을 주고받은 박 원장은 국상 선생의 의견을 수용하겠다고 말했다. 회의가 끝나고, 수업시간이 임박하자 중등부 아이들이 학원으로 쏙쏙 들어왔다. 문제가 된 블랙반 아이들도 들어갔고 해당 시간에 수업이 있는 아이들도 수업시작을 알리는 벨소리가 울리자 수업을 준비하느라 부산하게 움직였다. '중2 탑스반'의 반수희와 양선미는 국상 선생에게 손을 흔들며 제 반으로 갔다. '출결현황판'에 블랙반 '우민-10분 지각예정'이라고 적혀 있었다. 국상 선생은 현황판을 점검하고 복도를 걸으며 강의실을 순회했다. 십여 분이 흐르자 지각 예정인 우민이 14강의실로 가다가 국상 선생과 마주쳤다.

"우민이 왔구나!"

우민은 억지웃음을 지으며 강의실로 들어갔다. 첫 수업이 끝나고 쉬는 시간이었다. 국상 선생은 블랙반이 있는 14강의실로 갔다. 아이들은 휴대폰을 손에 들고 그들만의 세계에 빠져 있었다. 국상 선생은 칠판 앞에 섰다.

"오늘 수학 클리닉 시간에 모두 상담실로 오너라. 나하고 면담 좀 하자."

아이들은 대답하지 않았다. 우민은 국상 선생을 바라보며 아까 흘렸던 웃음기를 표정에 담았다.

수학 클리닉 시간이었다. 국상 선생은 상담실에 앉아서 블랙반 아이들을 기다렸다. 아무도 오지 않았다. 클리닉실로 갔다. 블랙반 아이들 중 우민이만 수학 과제를 펴놓고 있었다. 국상 선생은 클리닉 감독 담당 선생에게 자리를 이탈한 블랙반 아이들의 소재를 물었다. 담당 선생은 그들의 동태를 알 수 없다고 말했다. 국상 선생은 아이들을 찾아서 상담실로 보낼 것을 부탁한 뒤 우민을 데리고 상담실로 갔다.

"우민아, 선생님이 보기 싫다고 아이들이 그러던?"

우민은 대답하지 않았다.

"선생님이 학원을 그만 두지 않으면 나정이하고 민지랑 나머지 여학생 두 명, 우민이 너하고 블랙반 아이들 다섯 명 모두 학원 그만 두겠다고 했다며?"

우민은 눈웃음을 지었다.

"예."

"그랬구나. 학생 입으로 그런 말을 들은 건 처음이네. 우민이 너도 진짜 선생님 얼굴을 안 봤으면 좋겠어?"

"……."

우민은 말이 없었다. 국상 선생은 그동안 왜 블랙반 아이들에게 그렇게 대할 수밖에 없었는지를 우민에게 설명한 후 클리닉실로 들여보냈다. 우민을 제외한 블랙반 아이들은 클리닉 시간 내내 자리를 뜬 채 모습을 보이지 않았다. 그들은 다음 수업시간을 알리는 벨이 울리고 오 분여가 흐른 뒤에야 붕어빵을 입에 물고 강의실로 들어갔다. 그날 블랙반 아이들과 국상 선생과의 면담은 이루어지지 않았다.

국상 선생과 블랙반과의 관계가 언제부터 돌이킬 수 없을 만큼 꼬이게 되었는지 단정할 수 없었다. 국상 선생이 그들과 수업을 진행하면서부터였다는 사실쯤은 국상 선생뿐만 아니라 박 원장과 선생들도 짐작이 가능했다.

지난여름이었다. 이학기가 시작되자 시간표 변경에 따라 교무실장을 겸하고 있는 국상 선생은 국림 선생이 맡아오던 블랙반 아이들의 국어 수업을 맡게 되었다. 블랙반 강의실로 들어 간 국상 선생은 수업 전에 목소리를 가다듬고 말했다.

"선생님은 책을 잘 챙겨오는 애들을 좋아한다. 숙제를 해 오면 좋아한다. 수업에 집중까지 하는 사람은 더 좋아한다. 수업과 관련해서 의문 나는 것까지 물어보는 사람은 정말 좋아한다. 여러분을 좋아하는 선생님이 되었으면 좋겠다."

국상 선생은 좋아하는 것들을 더 알려주었다. 블랙반과의 첫 수업은 오리엔테이션 겸 문장성분 중의 주성분만 익히는 것으로 끝냈다. 수업 끝을 알리는 벨소리가 울리자 국상 선생은 강의실을 빠져 나갔다. 복도에서 국림 선생이 블랙반 강의

실로 뒤뚱거리며 다가왔다. 국립 선생이 국상 선생 옆을 지나
가자 국상 선생은 뒤를 돌아보았다. 국립 선생은 블랙반으로
들어갔다. 국상 선생은 머리를 갸우뚱하며 빈 강의실로 들어
갔다. 블랙반의 옆 강의실이었다. 국립 선생과 아이들의 목소
리가 흘러 나왔다.

"애들아, 재밌었니?"

"아니요."

"크크크……."

국립 선생의 웃음소리였다. 말소리가 또 새어 나왔다.

"조나정, 국상 선생님이 좀 놀게 해준대?"

"그냥, 놀아버릴 거예요."

"김민지, 나보다 더 잘 가르쳐?"

"아니요. 전혀,"

"그렇지? 크크크."

"이우민, 맛있는 거는 사준대?"

우민의 목소리는 들리지 않았다.

"니들은 이제 무서운 선생님 만나서 다 죽었다. 나하고 수업
할 때가 행복했지, 그치? 잘 해봐라. 안녀어엉."

국립 선생이 밖으로 나가는 소리가 들렸다. 뒤이어 국상 선생도 나왔다. 국상 선생은 국립 선생의 나풀거리는 치맛자락을 보며 눈을 흘겼다.

블랙반은 공부에 대한 열의가 없는 아이들로 구성된 반이었다. 학교에서 나눠준 시험성적 꼬리표마다 꼴찌거나 꼴찌였거나 꼴찌에서 몇째이거나였다.

그들에게 학원은 남이 가니까 가고, 온다니까 오는 것인지는 알 수 없었지만 윗반의 학습태도와는 사뭇 달랐다. 자유분방했다. 수업 중에 선생님 허락 없이 두서넛이 붙어서 화장실을 갔다 오거나 물 마시러 가는 것은 다반사였다. 휴대폰을 손에 쥐고 카톡을 해대거나 그들만이 알고 있는 사람들과 소통도 했다. 뿐만 아니었다. 그들끼리도 사이가 썩 좋은 편은 아니었다. 주동자는 나정이와 민지였다. 나정과 민지는 우민을 따돌렸다. 싫어했다. 대놓고 "바보, 등신"이라고 했다. 그럴 때마다 우민은 얼굴만 붉힐 뿐이었다. 우민은 아무에게도 말을 걸지 않았고 어울리지도 않은 외톨이였다. 수업시간에 선생님이 질문을 해도 모른다거나 모르겠다거나 알고 있다거나 이해했다거나 이렇다 할 반응을 보이지 않았다. 숙제 검사를 할라치면 교재를 책상 밑으로 감춰버렸다. 그런 우민은 항상 뒤쪽 구석진 자리에 앉아서 스마트폰에 이어폰을 꽂고 혼자만의 세계에 빠져들곤 했다. 학교의 중간고사나 기말고사 시험이 끝난 다음 그동안 시험대비 하느라고 고생했다며 격려차 학원에서 치킨을 시켜주어도 혼자만 먹지 않았다. 학교에서도 외톨이로 소문났다며 아이들이 말했다. 우민은 그런 아이였다. 우민도 우민이었지만 문제 학생은 나정과 민지였다. 그들은 수업시간에도 벽이나 책상에 낙서를 하거나 강의실 기둥에 큼지막한 그림을 그려놓기도 했다. 낙서는 어느 반이나 하는 편이어서 대수롭게 여기지 않아도 될 것이었다. 문제는 수업 방해였다. 우민은 있어야 할 곳에 있었고 공부시간에는 자리를 잡고 앉아 있는 편이었지만 나정과 민지는 달랐다.

블랙반의 나머지 두 여학생도 반 편성 때는 우민처럼 학원의 규칙을 지키려고 노력했다. 그러나 날이 갈수록 나정과 민지가 조종하는 대로 움직이기 일쑤였고 그들을 쫄래쫄래 따라다녔다. 그들은 수업 시간과 클리닉 시간, 쉬는 시간을 분간하지 않았다. 선생님이 칠판에 필기를 하면서 그들로부터 시선이 멀어지거나 프린트 때문에 자리를 비울 때면 그들에게는 절호의 기회였다. 슬금슬금 엉금엉금 주춤거리다 폴짝거리며 강의실을 빠져나갔다. 밖으로 나간 그들은 수업 중인 강의실을 돌아다니며 문을 발로 차거나 괴성을 지른 후 숨거나 도망가곤 했다. 그들의 이런 행태 때문인지는 알 수 없었지만, 일학년 신입생 중 한 명이 당일 강의만 듣고 다음 날부턴 등원하지 않거나 이학년에서도 등록한 지 며칠 만에 그만 둔 학생이 있었다. 그들 학부모는 아이들이 떠들고 소란을 피우는데도 누구 하나 나서서 통제하는 사람도 없고 선생들은 나 몰라라 하며 팔짱만 끼고 있어서 그 학원에 위탁해봐야 그런 애들한테 물들기밖에 더하겠냐며 그런 학원에 자식을 맡기려니 돈이 아깝다고 했다.

영어 클리닉 시간이었다. 클리닉 감독을 하고 있던 국상 선생은 클리닉실 밖에서 웅성거리는 소리가 들려 나가보았다. 블랙반의 민지와 나정이 복도에서 국립 선생이 수업 중인 16강의실의 문을 두드리면서 창문으로 강의실을 엿보고 있었다.

"야, 이 녀석들, 지금 뭐하는 거야!"

국상 선생이 소리치자 아이들이 국상 선생에게 가까이 다가오는가 싶더니 국상 선생의 양어깨를 세게 밀며 지나갔다. 국상 선생은 휘청거리다 바닥에 넘어졌다. 아이들은 그들 강의실로 유유히 사라졌다. 국상 선생은 블랙반으로 갔다. 강의실에 들어서자 수학 선생이 수업 중이었다. 국상 선생이 소리쳤다.

"선생님, 도대체 아이들 관리를 어떻게 하는 겁니까? 나정이 하고 민지가 수업 시간에 돌아다니면서 소란을 피우는데도 가만 놔두는 이유가 뭡니까?"

국상 선생은 나정과 민지를 가리켰다.

"야, 너희 둘, 밖으로 나와."

그들은 꿈쩍도 하지 않았다. 국상 선생은 그들의 목덜미를 잡아챘다.

"나와!"

"못 나가! 이거 놔! 경찰에 신고할 거야."

"신고 해!"

그 순간 출입문에서 국상 선생을 부르는 소리가 들렸다.

"교무실장님!"

국상 선생은 뒤를 보았다. 며칠 동안 모습을 보이지 않았던 박 원장이었다. 박 원장의 뒤에는 국림 선생이 있었다.

"나 좀 잠깐 봅시다. 원장실로 오세요."

국상 선생은 박 원장을 따라갔고 국림 선생은 블랙반 강의실로 들어갔다. 원장실로 들어가자 박 원장이 인상을 찌푸렸다.

"애들이 무슨 잘못을 했는지는 모르겠지만 고성을 지르고 폭력을 쓰면 됩니까? 교무실장님이 그렇게 대하니까 그 반 애들이 싫어하는 거 아닙니까?"

국상 선생은 좀 전의 상황을 설명했다. 그러나 박 원장은 이해는커녕 힐난조였다.

"아이들은 교무주임을 좋아해요. 왜 그런지 아세요? 아이들을 따뜻하게 대해주기 때문이에요. 그 아이들은 바로 잡으려고 하면 더 엇나가는 아이들이에요. 그냥 두세요. 그러다가 걔들이 학원이라도 끊으면 실장님이 책임질 건가요? 교무주임한테 좀 배우세요."

국상 선생이 말했다.

"원장님, 블랙반 애들을 붙잡고 있는 게 학원에 도움이 된다고 보세요? 걔들 때문에 다른 아이들이 그만 뒀는데도 아이들 버릇은 고치지 못할망정 왜 자꾸 감싸고도는 겁니까?"

"걔들 때문에 그만 뒀다는 증거라도 있습니까? 걔네들 그만 두면 한 반이 없어져버려요. 교육도 좋지만 자꾸 윽박질러서 떠나기라도 하면 어떡하려고 그러세요?"

국상 선생은 박 원장을 멀거니 바라보았다.

"그럼 다른 반 수업을 방해하든 말든 그냥 지멋대로 하게 내 버려 두란 말씀입니까?"

박 원장은 정색을 하며 국상 선생을 째려보았다.

"교무주임처럼 머리를 쓰란 말입니다."

국상 선생은 대꾸하지 않았다. 원장실을 나왔다. 국림 선생 과 나정이 민지가 원장실 문 앞에 있었다. 국상 선생은 그들을 쏘아보며 클리닉실로 향했다. 등 뒤로 국림 선생과 아이들의 속삭임이 미미하게 들려왔다. 뒤를 돌아보았다. 그들이 원장 실로 들어갔다. 한 시간여가 흘렀을 때였다. 수업을 하고 있던 국상 선생이 밖으로 나갔다. 국림 선생이 불러서였다.

"쌤, 교무실에 전화 왔어요."

국상 선생이 눈에 힘을 주었다.

"쌤? 내가 교무주임보다 나이가 적기를 해, 직책이 낮아. 나를 그렇게밖에 못 부릅니까? 다시 부르세요."

국립 선생은 국상 선생을 빤히 쳐다보았다.

"뭐, 그런 걸 가지고 그러세요?"

국상 선생은 웃고 말았다. 전화를 받았다.

"국어 선생입니다."

"나정이 엄마야!"

"아, 예."

"당신이 국어 선생이고 교무실장이야? 국어를 가르친다는 선생이 우리 애 목덜미를 낚아 채? 원 세상에나."

"애들이, 수업 시간인데도 돌아다니면서 수업 방해하고 떠들고 그래서……."

수화기에서 거친 숨소리가 들렸다.

"떠들든 말든 수업이 수업 같잖고 선생이 꼴같잖아서 떠드는 거 아니야? 우리 애가 경찰에 신고하고, 애 아빠가 쫓아간다는 걸 내가 말렸어. 한 번만 더 그럼 애 아빠 보내서 가만 두지 않을 거니까. 똑바로 해. 알았어? 원장도 한심하다 뭐 그런 선생을……."

전화가 끊어졌다. 교무실을 나서려는 순간 전화벨이 울렸다. 전화를 받았다.

"블랙반에 민지 엄만데요. 국상 선생 좀 바꿔주세요."

"예, 접니다."

수화기 저편에서 거친 소리가 났다.

"내 새끼 나도 안 때리는데 윽박지르고 왜 폭력을 써! 이거 안 되겠네. 당신 같은 선생, 원장한테 말해서 잘라 버리든지 우리 아이 반 못 맡게 할 거니까 그렇게 알고 있어!"

전화가 끊겼다. 창문 밖에서 국립 선생과 나정이, 민지가 동태를 살피려는 듯 기웃거렸다. 국상 선생은 어깨를 늘어뜨리며 강의실로 들어갔다.

국상 선생이 나정, 민지 엄마와 전화 통화를 하고 난 후 두 주가 지났다. 전체회의 시간이었다. 국립 선생은 자리에 앉자마자 박 원장에게 "원장님, 남방이 참 잘 어울리세요"라며 웃었다. 박 원장도 "교무주임은 오늘 치마를 입었네. 참 예쁘다. 우리 선생님"이라며 입을 하얗게 벌렸다. 국상 선생은 영어팀장과 수학팀장의 보고를 들은 후 각 반 담임들에게 반에 대한 문제점을 보고하라고 했다. 블랙반도 별문제가 없다며 담임이 보고했다. 국상 선생이 말했다.

"블랙반이 문제가 없다는 게 말이 됩니까?"

담임은 박 원장과 교무주임을 힐끗힐끗 보았다. 국상 선생이 목소리를 높였다.

"문제점이 너무 많아서 감당이 안 된다고 말하는 게 옳은 보고 아닌가요?"

국립 선생이 나섰다.

"교무실장님, 문제점이 뭔가요? 교무실장님만 걔들을 싫어하는 것 같아요. 걔네들이 다른 선생님들은 다 좋아하는데 선생님만 싫어해요. 그 이유를 알고 계시나요?"

"모르겠습니다."

"모르세요? 가르쳐 드릴게요. 딴 선생님들은 다 부드럽게 대하는데 선생님만 유독 걔들한테 소리 지르고 윽박지르고 때리면서 미워하니까 싫어하는 거 아니에요."

말을 마친 국립 선생은 박 원장을 쳐다보았다. 박 원장이 방싯방싯 웃었다.

국상 선생은 헛기침을 한 뒤 좌중을 돌아보았다.

"때려요? 내가 때렸나요? 학원이 뭘 하는 곳인가요? 여기는 '피시방'도 아니고 '방방'도 아닙니다. 공부하는 곳입니다. 수업 시간에는 수업을 해야 하고 쉴 때는 쉬도록 해야 합니다. 학생들이 공부 시간과 쉬는 시간을 구별하지 못하는 건 학생들에게 문제가 있지만 선생님들 책임이 더 큽니다. 국어시간에 영어시간에 수학시간에 선생님들은 수업을 해야 하고, 집중하지 못하는 아이들에게는 공부에 집중하도록 지도하는 것이 선생님들의 역할입니다. 그런데 아이들이 빗나가는 것을 보고도 '내가 안 잡으면 다른 선생이 잡겠지'생각하고 서로 미루다가 선생님들을 대신해서 잡는 선생을 응원은커녕 질타를 하는 심보는 도대체 무슨 심보인지 모르겠습니다.

블랙반 아이들은 어떻습니까? 쉬는 시간에도 수업 시간에도 놀고 떠들고 소리 지르고 수업방해하고 정말 있어서는 안 될, 용서할 수 없는 짓들을 하고 있어요. 선생님들은 뭐가 무서워서 그 아이들을 방치하는지 이해할 수 없습니다. 그들 학부모가 무섭습니까? 자신 때문에 아이들이 학원을 그만 뒀다는 말을 들을까 봐 그게 두려운가요?"

국상 선생은 호흡을 가다듬었다. 국립 선생은 박 원장과 눈을 맞추며 야릇한 웃음을 흘렸다. 국상 선생은 눈에 힘을 주었다.

"저는 선생님들을 관리하고 학생들의 동태를 살피는 교무실장입니다. 교무실장으로서 여러분에게 말씀드리겠습니다. 좋은 선생님, 아이들을 학업에 정진하도록 움직이게 하는 선생님, 멋있는 선생님이 되기 위해서는 우리 모두가 변해야 합니다."

국상 선생이 국림 선생에게 고개를 돌렸다.

"어떻게 변해야 할까요? 시험대비 때 수업은 않고 허구헌날 블랙반 아이들 데리고 밖에서 아이스크림 빨아먹고 떡볶이 찍어먹고 붕어빵 먹으면서 낄낄거리는데 근무태만인 거 모르십니까? 그런 행위는 아이들 버릇만 나빠지게 하고 꼴찌들은 꼴찌를 면하지 못하게 할뿐입니다."

국상 선생은 블랙반 담임을 응시하며 목소리를 높였다.

"수학시간에 수업은 하지 않고 엎드려 있어서는 안 됩니다! 아이들 자습시켜놓고 학생들 앞에서 휴대폰게임을 해서도 안 됩니다!"

국상 선생은 모두에게 눈을 주었다.

"학생이 학생답지 않은 건 선생이 선생다운 모습을 보여주지 않기 때문입니다. 여태껏 선생님들의 불합리한 근무태도에 대해서 회의시간에 간접적으로 말했거나 따로 면담을 해서 주의를 줬지만 이제는 안 그러겠습니다. 회의시간에 공개적으로 선생님 이름을 부르면서 발언하도록 하겠습니다."

박 원장의 얼굴이 굳어졌다. 이윽고 말했다.

"근무태도가 엉망이라는 걸 왜 이제야 말하는 겁니까? 내가 교무실장에게 선생님들 근무태도가 어떠냐고 물었을 때 열심히 하고 있다고 보고했잖아요? 결국 나한테 허위보고 한 겁니까? 어떤 선생이 태만한가요? 이 자리에서 밝히세요."

웃음기가 떠나지 않았던 국립 선생은 얼굴을 벌겋게 달구었고 블랙반의 담임은 허리를 잔뜩 굽히며 땅을 내려다보았다. 국상 선생은 끝내 입을 열지 않았다.

"참, 한심하긴, 쯧쯧쯧. 면담할 거니까 한 사람씩 원장실로 오세요!"

박 원장은 자리를 박차고 일어나 회의장 밖으로 나가버렸다. 절차에 따른 회의는 진행되지 않았다. 선생들은 교무실로 들어갔다. 국립 선생이 가장 먼저 원장실로 들어갔다 나오면서 블랙반 담임에게 박 원장이 부른다는 말을 전했다. 다른 선생도 차례차례 불려 나갔다. 면담을 못한 선생은 국상 선생뿐이었다. 박 원장이 부르지 않았다. 국상 선생이 남았는데도 면담을 끝내버렸다. 그 이유는 알 수 없었다. 국상 선생은 운영회의 때 원장과 회의를 했던 탓에 제외된 것인지는 알 수 없었지만, 운영회의 때 참석하는 교무주임인 국립 선생까지 면담을 한 터라 박 원장의 꿍꿍이속을 헤아릴 길이 없었다.

박 원장과 면담을 마치고 나온 선생들은 별 내용이 아니었고 별일도 없었으며 앞으로도 별일 없을 것 같은 표정이었다. 그러면서 영산 선생을 뺀 나머지 선생들은 하나같이 국상 선생에게 곁눈질을 했다.

중2 아이들이 엘리베이터에서 내리거나 현관문을 열고 쏙쏙 들어왔다. 첫 수업을 알리는 벨소리가 울렸다. 아이들은 화장실을 들락거리거나 물을 마시거나 복도의 의자에서 일어서거나 선생들 뒤를 따르거나 앞질러서 부리나케 저마다의 강의실과 어학실습실, 클리닉실로 향했다. 블랙반 아이들은 보이지 않았다. 블랙반 첫 수업은 국어수업이었다. 국상 선생은 텅 빈 강의실에 교사용 책을 놓아두고 밖으로 나왔다. '출결게 시판'을 확인했다. 게시판에는 '중2 블랙반 전원 1교시 40분 지각'으로 되어 있었고 까닭은 적혀 있지 않았다. 사십 분 지각이라면 수업 끝나기 십 분 전까지 입실한다는 말이었다. 국상 선생은 블랙반 강의실로 다시 들어갔다. 아이들이 올 때까지 기다려야 한다는 학원의 방침에 따라야 했고 누군가는 지각 예정 시간보다 더 일찍 등원할지도 모르는 일이었기 때문이다.

블랙반 아이들 중에서도 우민이는 여학생들보다 지각이나 결석 횟수가 잦지 않은 탓에 국상 선생은 우민을 떠올리며 기다렸다. 우민은 예정된 시간보다 더 빨리 올 것 같았다. 기다렸다. 오래 기다렸다. 안내데스크 쪽으로도 나가보았다. 보이지 않았다. 미리 와서 어딘가에 짱 박혀 있을 것 같은 예감에 불 꺼진 강의실과 어학실습실, 클리닉실을 기웃거렸다. 그러나 그들은 학원에 없었다.

강의실로 돌아왔다. 블랙반 아이들의 이유 없는 집단 지각이라. 국상 선생은 처음 겪는 일이었다. 그동안 민지와 나정은 심심찮게 무단 지각을 해서 그들은 기대도 하지 않았지만 우

민과 다른 두 여학생은 출결 하나만큼은 다른 반 아이들 못지
않았다. 그러나 오늘은 아니었다. 수업 끝을 알리는 벨이 울렸
다. 국상 선생은 밖으로 나갔다. 불 꺼진 강의실에서 웅성거리
는 소리가 났다. 그쪽으로 갔다. 불을 켰다. 블랙반 아이들 모
두가 가방을 메고 강의실 뒤 쪽에 서 있었다. 국상 선생은 그
들을 째려보고 쏘아보았다. 나정과 민지는 등을 돌렸고 나머
지 학생들은 칠판과 천장을 향해 홉뜨거나 바닥으로 내리떴
다. 국상 선생은 한참 동안 눈빛을 쏘아대다가 입을 다문 채
교무실로 발걸음을 옮겼다.

날이 갈수록 블랙반 아이들은 국상 선생의 수업에 대한 불
참이 극에 달했다. 월요일 첫 수업에는 한 시간을 통째로 빼먹
었고 수요일 마지막 시간은 앞 시간 끝나는 벨소리가 울리자
마자 귀가를 했다. 금요일의 둘째 시간은 종적을 감추고 말았
다. 그들이 그럴 때마다 소리를 지르거나 팔을 붙잡아서 자리
에 앉혀놓고 수업을 진행했지만 제대로 된 수업이 될 리 없었
다. 나정과 민지는 책상에 엎어졌고 우민은 책만 펴놓고 멍을
때렸다. 나머지 학생들도 국상 선생의 눈을 피하거나 피식피
식 웃거나 엎드려서 시간을 때웠다. 그런 일이 한두 번이 아니

었다. 수업 때마다 실랑이를 이어가던 국상 선생은 지친 나머지 그들의 의사에 맡기고 말았다.

금요일 오후 두 시였다. 국상 선생은 국립 선생이 배포한 시간표를 받아들었다.

"헉!"

국상 선생은 외마디 소리를 지르며 머리를 가로저었다. 블랙반의 국어 담당 선생이 바뀌었기 때문이다. '국상' 대신 '국립'이었다. 그동안 블랙반과의 관계를 고려한다면 당연한 결과이기도 하겠고 그럴 수밖에 없는 것으로 받아들였지만 영 께름칙했다. 공부에서 멀어진 블랙반을 일으켜보고자 스스로 맡은 것이다. 국상 선생과 같은 마음을 가진 선생이 한 달도 견디지 못한 사례를 극복해 보겠다는 의지의 발로였는데 무너지고 말았다는 자괴감이 밀려왔다.

다른 선생도 국상 선생과 버금가는 상처를 경험한 바여서 담당 선생이 교체된 것에 대해서는 체념할지라도, 마음 한 구석에 도드라진 멍울은 사그라지지 않을 것만 같았다. 박 원장과 선생들이 면담을 한 이후의 횡행했던 순간들 때문이었다. 학원 건물 일 층에서 국상 선생과 함께 담배를 뻐끔거렸던 수학을 가르치는 수준 선생은 박 원장과 면담을 한 이후로는 흡연 장소에 나타나지 않았다. 빈 강의 시간마다 저녁밥을 함께 먹었던 선생들도 국상 선생의 밥 먹는 소리가 들리면 식당으로 들어가지 않았다. 끼리끼리 끼루룩거리며 수군대다가도 국상 선생이 다가가면 입을 다물었고, 멀어지면 속삭였다. 말도 걸지 않았고 묻는 말에 대꾸도 없었다. 그나마 영산 선생만이 국상 선생을 교무실장으로 대우했다. 하지만 주변의 눈을 의식하며 먼저 다가오지는 않았다. 국림 선생이 쏘았다는 음료수와 초콜릿은 국상 선생의 책상 위에만 놓여 있지 않았다. 그뿐만이 아니었다. 교무주임인 국림 선생은 반 편성이나 아이들의 반 이동, 일일계획 등을 교무실장인 국상 선생에게 보고하지 않고 자기 선에서 결정해버리고 말았다. 여태껏 교무와 관련된 세세한 부분까지도 국상 선생에게 의견을 구하고 묻던 선생들도 국림 선생으로 대상을 바꿔버렸다. 그런 분위기를 탄 탓일까 국림 선생은 며칠 전부터 시간표를 자주 들여다보곤 했다. 이틀 전, 국림 선생은 시간표 작성 양식을 책상 위에 얹어놓고 끼적거리다가 국상 선생이 다가가자 소스라치게 놀라며 덮어버린 일도 있었다.

시간표는 박 원장의 지시에 따라 교무실장이 작성하는 것이어서 아무나 건드릴 수 있는 영역이 아니었다. 그런데도 어찌된 일인지 오늘 아침, 단체카톡방에 느닷없는 카톡 한 통이 날아들었다.

'오늘 오후 2시, 새 시간표에 대한 전달사항이 있으니 모두 출근해 주세용∧∧'

교무실장도 모르는 시간표에 관한 내용을 교무주임인 국립 선생이 한 마디 상의도 없이 글을 올린 것이다.

국립 선생의 시간표 전달 시간이 끝나자 선생들은 제 갈 길로 갔다. 국립 선생은 휴대폰으로 누군가와 통화를 했다.

- 응.

- 다섯 시에 상담하러 오신다고 했어.

- 언제 올 건데?

- 알았어, 그때는 와야 돼.

- 나눠줬어.

- 놀라기는 하는데 별말 없었어.

- 알았어.

- 마치고 오늘 밤에? 알…… 았…… 어.

전화 통화가 끝나자 국상 선생은 국림 선생을 상담실로 불렀다. 국상 선생이 말했다.

"시간표가 어떻게 된 거죠?"

"블랙반은 선생님이 가르치면 안 되는 것 알고 계시잖아요."

"그것도 그거지만. 왜 시간표를 선생님이 작성했느냐는 걸 묻는 겁니다."

국림 선생은 국상 선생을 빤히 쳐다보았다.

"시간표 작성을 누가 했든 그런 게 중요한가요? 꼭 교무실장이 해야 한다거나 선생님만 작성하라는 법은 없잖아요? 교무주임이 작성하면 안 되나요?"

"그건 월권이야!"

국상 선생의 격앙된 목소리였다.

"수업 들어가야 돼요. 할 말 다 하셨죠. 그럼……."

국림 선생이 자리를 떴다.

12월 둘째 주 목요일이었다. 국상 선생은 전교권 아이들이 모인 '중2 탑스반' 강의실로 들어갔다. 오늘따라 강의실의 분위기가 냉랭했다. 아이들의 몸짓이 평소와는 사뭇 달랐다. 국상 선생의 눈을 피하면서 그들끼리만 눈을 맞추었다. 입도 다물었다. 그들끼리도 말을 하지 않았다. 국상 선생의 시선이 학교에서 전교 일등을 종종 했던 반수희에게 향했다. 반수희의 눈동자가 조금씩 국상 선생에게 향했다. 시선이 마주치자 반수희의 입술도 열렸다.

"선생님, 블랙반에 나정이하고 민지는 정말 싫죠? 다음 주 월요일 오후 두 시 회의 때까지 국상 선생님을 선택하든지 블랙반 아이들을 선택하든지 해야 한다고, 그 소문이 학원에 쫙 깔렸어요. 블랙반 아이들이 학원에서 선생님 보기 싫다고 선생님이 안 나가면 블랙반 아이들이 다 나가버린다고……."

국상 선생은 눈을 둥그렇게 뜨고 반수희에게 물었다.

"누가 그런 얘기하던?"

"국립 선생님한테도 들었고 블랙반 아이들도 그랬어요."

국상 선생은 학원을 떠나게 되면 이사를 가게 됐다거나 몸이 아프다거나 사정이 생겼다거나 아니면 아무 말 없이 아이들과 작별을 고할 생각이었다. 그러나 국립 선생이, 아니 아이들을 가르친다는 선생이라는 사람이 그런 소문을 퍼뜨린 장본인이라는 사실을 확인 한 순간 아이들에게 자신의 거취를 당장 말할 수밖에 없었다.

"그랬구나. 며칠 동안 여러분을 볼 수 있을지는 모르겠다만, 어쩌면 수업으로는 오늘이 마지막이 될지도 모르겠다."

반수희가 궁금한 표정을 지었다.

"선생님 떠나면 누가 우릴 가르쳐요?"

"글쎄 모르겠다. 새 선생님이 오게 될지, 국립 선생이 맡게 될지……."

"국립 선생님이 맡아요? 그 선생님은 실력이 부족하시잖아요."

"왜?"

"'콩 심은 데 콩 나고 팥 심은 데 팥 난다'에서 형태소가 몇 갠지 정확히 모르시더라고요. 그거 한 가지만 보더라도 우릴 가르칠 자격이 없다고 봐요."

국상 선생은 야릇한 미소를 머금었다.

반수희가 말을 이었다.

"국상 선생님은 형태소가 열다섯 개라고 하셨는데, 국립 선생님은 열네 개라고 하셨어요. 학교 선생님한테도 여쭤 봤는데 열다섯 개라고 했어요. 국립 선생님은 '난다'에서 형태소가 세 갠데 그걸 모르시더라고요. 그렇기 때문에 우리도 좀 걱정이 돼요. 다른 것도 모르셔서 막힐 때가 많고…… 선생님 답지도 않고…….”

국상 선생은 입을 열지 않았다. 이번에는 반수희의 옆에 앉은 양선미가 말했다.

“학원은 공부하는 곳이지, 먹거나 노는 분식집도 유원지도 아니잖아요? 블랙반 아이들은 만날 국립 선생님한테 붙어서 놀고 장난치고 먹고 그게 다잖아요. 말씀을 안 드려서 그렇지, 걔들 때문에 학원 그만 둔 애들 많아요. 겉으로는 부모님들이 이사 간다거나 돈 때문에 좀 쉬게 한다고 말씀 하시는데 그게 아니라구요. 거의 걔네들 때문이에요. 학원에 있을 애들은 그만 두고, 진짜 내보낼 애들은 붙어 있고, 그걸 왜 모르세요? 이 학원 다니는 애들이 학교에서 뭐라고 그러는 줄 아세요? 블랙반 아이들이 한 달도 안 돼서 선생을 갈아치우는 유능한 재주가 있다고. 크크크…….”

아이들이 웃었다. 국상 선생도 함께 웃다가 한동안 반수희와 양선미를 멀뚱히 바라보았다.

“다 내가 부족해서 그런 것 같다. 책 펴고 공부하자.”

반수희는 책을 펴지 않았다.

"이백십육 쪽 펴라. 반수희."

국상 선생이 같은 말을 여러 번 반복했는데도 반수희는 말을 듣지 않았다. 아이들의 시선이 반수희를 향했다. 반수희의 얼굴이 붉게 물들었다. 국상 선생도 얼굴을 붉혔다. 반수희는 책 표지만 응시했다. 뜸을 들이던 반수희는 혼잣말처럼 말했다.

"저는 오늘 선생님 수업을 거부할 거예요."

"저도요."

양선미가 책을 덮었다. 아이들은 반수희와 양선미를 바라보다가 서로의 눈만 멀뚱멀뚱 주고받았다. 잠시 후 아이들은 우리끼리만 있게 해 줄 것을 국상 선생에게 요청했다. 국상 선생은 강의실을 나왔다. 블랙반 아이들이 복도에 있었다. 수업 시간인데도 그들은 복도를 배회하며 강의실을 기웃거렸다. 우민이가 국상 선생을 보며 씩 웃었다. 국상 선생은 아이들에게 소리쳤다.

"야, 안 들어가? 들어가!"

나정이와 민지가 복도를 쿵쿵대며 강의실 쪽으로 갔다.

"저 선생만 우릴 미워 해!"

나정이의 목소리가 크게 울렸다. 우민도 입술을 비틀다가 그들의 뒤를 따랐다.

하루가 지난 금요일이었다. 중2 아이들이 등원하기에는 이른 시각이었다. 국상 선생은 다음 주 월요일까지는 거취를 결정해야 하므로 어쩌면 오늘이 마지막 요일일 것 같았고 허울 뿐인 교무실장이라는 직함도 마지막 감투일 것만 같았다. 이젠 아이들과 떨어질지도 모른다는 공허함 때문에 빈 강의실마다 들어가서 아이들의 자리에 앉았다가 선생 자리에 앉아 보기도 했다. 아이들의 책상과 벽, 기둥에는 연필과 볼펜과 형광펜이나 보드마카로 그린 그림과 낙서가 눈에 띄었다. 국상 선생은 자신에 대한 아이들의 그림과 낙서를 훑었다.

—야, 안 들어가. 들어갓!

이 낙서는 수업을 알리는 벨이 울렸는데도 복도에 있거나 수업 중에 나온 학생들을 지도할 때 쓰는 국상 선생의 말을 흉내 낸 것이었다.

—몰라.

아이들이 몇 살이냐고 물을 때나 서울대 나왔느냐 지방대 나왔느냐고 물었을 때 아이들에게 한 대답이었다.

―국상 카리스마 쩐다.

국상 선생이 분위기 잡고 눈빛으로 제압하는 카리스마가 못 말리겠다는 아이들의 감정이었다.

―짠돌이 구욱상.

기껏해야 자판기에서 나오는 백 원짜리 코코아 정도만 뽑아주었고, 먹을 것을 사주지 않았기 때문이다.

―태도보고 결정한다.

아이들이 수업에 집중하지 않거나 떠들 때 한 시간 남겨서 공부시키겠다고 말하면 아이들이 불만을 표시했다. 그럴 때마다 수업태도를 보고 남길지 말지 결정하겠다는 말이었다.

―완전 어이 국상.

무슨 뜻인지 알 수 없었다.

―병신이 따로 있는 줄 아느냐, 그런 게 병신이다.

아이들은 국어 선생님이 '병신'이라는 말을 쓴다며 웃었지만, 아이들이 공부시간과 노는 시간을 구분하지 못할 때 자주 쓰는 말이었다.

국상 선생은 블랙반이 있는 14강의실로 갔다. 기둥에 보드마카로 그린 그림이 눈에 들어왔다. 남자가 무릎을 꿇은 채 빌고 있었고, 여자가 꿇고 있는 남자를 망치로 치는 장면이었다. 남자는 피를 흘리고 있었다. 남자의 가슴에는 '국상'이라고 적혀 있었다. 그리고 그들의 책상과 벽에는 '국립 조음, 국상 시~이~러, 잉', '니가 가라 국상'도 큼지막하게 적혀 있었다. 여학생의 글씨체였다. 국상 선생은 눈을 지그시 감고 블랙반 아이들의 얼굴을 떠올렸다. 눈을 뜨자 블랙반의 우민이 등 뒤에 서 있었다.

"어, 왔어?"

우민은 소 웃음을 지었다. 책가방을 자리에 놓고 국상 선생의 얼굴을 찬찬이 뜯어보았다.

"오늘 왜 일찍 왔어? 선생님한테 할 말이라도 있는 거니?"

"쌤……."

"응, 그래."

"저기, 그, 그게."

할 말이 있는 표정이었다. 국상 선생은 우민을 데리고 학원 밖으로 나갔다. 만두 가게로 갔다.

"먹으면서 말하자."

국상 선생은 우민에게 왕만두 하나를 쥐여주었다. 우민은 휴대폰을 탁자 위에 올려놓고 액정에 손을 댔다. '갤러리'를 눌렀다. 사진이 나왔다. 우민은 사진 몇 장을 넘기다가 멈추더니 한 장의 사진에 대고 손가락을 길게 눌렀다.

"이거요."

돌출된 사진을 보았다.

"아니, 이런!"

국상 선생은 눈을 크게 떴고 입술을 벌렸다. 국립 선생과 박원장이 손을 잡고 피시방에서 나오는 모습을 포착한 사진이었다.

'이런 관계였다니.'

국립 선생의 왼손에는 A4용지 몇 장이 들려 있었다.

'이건 뭐지?'

국상 선생은 사진 속의 용지를 확대했다. 촘촘한 칸이 종이에 가득했고 칸 속에는 알 수 없는 글이 빼곡했다.

'시간표일까.'

순간, 국립 선생이 새 시간표를 배포한 날이 떠올랐다. 그날 국상 선생이 국립 선생에게 면담하자고 불렀을 때 국립 선생은 누군가와 통화를 하고 있었다. 그때 국립 선생은 누군가에게 "응"이라고 말했다. 그럼 "응"은 박 원장이 "나야" 했더니 "응"이라고 했고, "다섯 시에 상담하러 오신다고 했어"라고 한 말은 "신입생 학부모 상담 왔지?"에 대한 대답이었을 것이다. 또 "언제 올 건데?"는 "내가 갈게"에 대한 물음이었을 것이며, "나눠줬어"는 새 시간표를 선생들에게 나눠줬냐는 물음에 대한 답일 거라는 짐작이 갔다. 중요한 대목은 "놀라기는 하는데 별말 없었어"라고 국립 선생이 대답한 말이었다. 이는 "국상 선생한테도 시간표 나눠주니까 뭐라고 했어?" 또는 "시간표를 교무주임이 작성해서 주니까 놀라지 않아?"에 대한 답변일 거라는 상상을 했다. 또 "마치고 오늘 밤에? 알…… 았……어"는 "근무 마치고 만나서 밥도 먹고 술 한 잔 어때?"와 같은 말에 대한 대답 같았다.

사진을 바라보던 국상 선생이 큰 소리로 외쳤다.

"특종이다, 특종!"

우민은 포착 순간을 설명했다. 학원 마치고 집에 있다가 밤 늦게 엄마 심부름 때문에 나왔는데, 맞은편에 있는 피시방에서 그들이 불쑥 튀어나와서 얼른 찍고 숨어버렸다고 말했다. 혼자만 보다가 국상 선생이 떠올랐다고.

국상 선생은 우민이 찍은 사진을 길게 누르며 자신의 이메일로 옮겼다.

"왜, 선생님이 떠올랐어?"

"쌤에 대한 것 저도 다 들었어요. 볼 것도 다 봤고. 크크크……"

"그랬구나."

우민이 만두를 삼켰다.

"국림 쌤이 나정이하고 민지한테 시켰어요."

"뭘, 문제풀이?"

"아뇨, 공부 말구요. 소리 지르고 폭력 쓴 거, 엄마한테 전화…… 쌤 수업 안 들어가…… 보기 싫어. 뭐 그런 걸……."

우민은 핵심구절만 툭 던져놓고 말을 잇지 않았다. 말을 못한다고 했다. 캐물어도 말을 할 수 없는데, 선생님이 알아서 상상하면 자신이 못한 말과 같을 거라고 했다. 국상 선생은 추가 정보가 없어도 무슨 말인지 알 것 같았다. 우민의 눈을 응시했다.

"우민이도 선생님 안 보고 싶지?"

"난 몰라요."

만두집을 나왔다.

마침내 월요일이 왔다. 12월 셋째 주 월요일이었다. 전체회의 시간이었다.

박 원장이 회의를 주재했다. 박 원장은 국상 선생 쪽으로 머리를 돌렸다.

"지난 월요일에 말했던 것처럼 교무실장은 이 시간에 입장을 밝혀야겠습니다."

입장을 밝히라는 말은 블랙반 아이들을 내보낼 수 없으니 국상 선생이 떠나라는 말의 에두른 표현일 뿐이었다. 뭇 시선이 국상 선생에게 향했다. 국상 선생은 국림 선생을 쏘아보았다.

"교무주임, 교무실장 자리가 그렇게 탐이 나던가요?"

국림 선생은 얼굴을 붉히며 토끼눈을 떴다. 이를 지켜보던 박 원장이 국상 선생의 말에 대거리를 했다.

"무슨 뚱딴지같은 소릴 합니까?"

국상 선생의 눈은 여전히 국림 선생에게 향했다.

"교무주임, 블랙반 아이들을 이용해서 나를 내쫓을 생각을 했다니 참으로 억장이 무너집니다. 국림 선생부터 실력을 갖추세요. 아이들을 가르칠만한 능력이 부족하면 밤낮으로 연구해서 성장하고 변화하려는 자세가 필요한데, 국림 선생은 그걸 망각하고 있어요."

"무슨 말인지……."

국림 선생의 목소리가 떨렸다. 좌중은 소리 한 음 울리지 않았다.

"내가 나정이하고 민지를 혼냈다고 학부모에게 일러바쳐서 따지라고 전화했나요? 블랙반 아이들한테 내 수업 거부하라고 시켰습니까? 그리고 오늘 이 자리에서 저를 밀어내려고 아이들을 이용해서 '집에 가라!'고 외치게 하고, 등 뒤에는 원장님이 계시니까 무서울 게 없습니까?"

국상 선생은 지난 금요일에 우민이 잇지 못한 말을 뱉어냈다. 국림 선생은 박 원장의 눈치를 살폈다.

"도대체 무슨 말인지 모르겠네요."

"모,르,신,다?"

국상 선생은 모두에게 눈을 주었다.

"지금 회의에서 다뤄야 할 것은 저에 대한 입장 정리가 아닙니다. 저는 원장님께 어느 때라도 계약을 해지하자고 개인적으로 말씀드리면 끝나는 일입니다. 중요한 것은 어떻게 하면 우리 스스로가 변화되어서 학생들의 마음을 움직이게 할 수 있을까? 그런 내용이 되어야 할 것입니다."

박 원장이 소리쳤다.

"교무실장! 지금 나까지 훈계하는 겁니까?"

국상 선생도 목청을 높였다.

"원장님! 이제 그만 늪에서 빠져나오십시오."

"뭐요, 늪?"

국상 선생이 국림 선생에게 고개를 돌리며 가라앉은 목소리로 원장의 말을 받았다.

"예, 늪…… 저, 늪……."

국상 선생의 눈이 국림 선생의 눈동자에 머물렀다. 박 원장이 또 나섰다.

"블랙반 아이들 다섯 명이 한꺼번에 그만 두게 되면 학원 경영에도 막대한 영향을 끼칩니다. 나는 그 아이들을 포기할 수 없어요."

모두 숨을 죽였다. 잠시 후였다. 영어를 가르치는 영산 선생이 손을 들었다. 박 원장이 영산 선생에게 손바닥을 들어 올렸다. 영산 선생은 국립 선생과 박 원장에게 눈을 바삐 굴렸다.

"교무실장님에게 화살을 겨냥한 것은 잘못입니다. 심판 받을 대상은 교무실장님이 아니라고 봅니다."

국립 선생은 눈을 껌뻑거렸다. 박 원장은 코를 벌렁거리며 말했다.

"아니, 영산 선생님, 그럼 누구란 말이오?"

"그건, 우리 모두입니다."

아무도 입을 열지 않았다.

문밖에서 노크 소리가 났다. 문이 열렸다. 모두의 눈동자가 열린 문을 향했다. 반수희와 양선미가 열린 문으로 모습을 드러냈다. 또 누군가가 그들의 등 뒤에 있었다. 그들의 어머니였다. 앞에 있던 반수희와 양선미는 어머니들과 자리를 바꿨다. 반수희 어머니가 회의장을 향해 말했다.

"국상 선생님이 그만 두면 우리 수희도 학원 옮깁니다."

양선미 어머니도 나섰다.

"우리 선미도 옮길 거예요."

박 원장은 사방을 두리번거렸다. 국립 선생은 머리를 숙였다. 반수희와 양선미 뒤로 우민이 지나갔다.

샬롯과 레핀의 여인들

알 수 없는 여인이 전화를 받는다. '수상한 포장마차' 앞으로 오라고 한다. 지도를 검색한 정수는 오 분 안에 도착할 예정이라고 말하며 그쪽으로 걸음을 옮긴다. 그 여인은 정수를 알 턱이 없다. 전화를 먼저 건 쪽은 여인이었지만 그녀는 정수를 지정하지는 않았다. 오히려 정수가 여인을 선택했다는 말이 어울릴 것이다. 여인의 위치를 알리는 문자에 단추를 눌렀고 정수에게 걸려들었다. 노래방과 모텔을 지날 때는 걷다가, 볼링장과 횟집 생맥주집을 향할 때는 뛰다가, 화로구이집 앞에서는 걸음을 멈추고 두리번대다가 '수상한 포장마차'를 찾았다. 승용차 한 대가 가게 앞에서 비상등을 깜박였다. 운전석의 문을 열었다. 여인이 머리를 늘어뜨리며 조수석에 앉아 있었다.

"석남동 가시나요?"

여인이 고개를 들었다. 사십 대 후반쯤 돼 보였다. 정수와 눈이 마주쳤다. 여인이 머리를 위아래로 흔들었다. 안전벨트를 메고 여인에게 또 물었다.

"석남동 어딜 가세요?"

"해수야 놀자."

"내비를 좀 켜겠습니다."

'해, 수, 야, 놀, 자'

목적지가 검색되지 않았다.

"검색이 안 되는데요?"

여인은 석남동 거북시장으로 가면 된다며 출발부터 하라고 했다. 출발했다. 여인은 길게 한숨을 토해냈다. 여인의 몸에서 뿜어져 나온 냄새가 콧속으로 스며들었다. 수상한 포장마차에서 이 술 저 술을 들이켠 후 수상한 음식을 입에 넣고 고약한 누구까지 안주삼아 씹어대고 삼킨 탓인지 냄새가 역겨웠다. 경인고속도로에 접어들 무렵 여인이 입을 열었다.

"아저씨!"

"예."

"미친 것들, 미쳤어. 완전히,"

정수에게 하는 소리 같지는 않았다. 여인은 입을 닫았다. 한동안 말이 없었다. 목적지가 가까워지자 술기운 때문인지 여인의 눈은 감겼고 입술은 더 벌어졌지만 말은 흘리지 않았다. 가정오거리를 지나 이면도로로 진입하자 여인이 눈을 떴다.

"여기가 어디예요?"

"석남동 다가옵니다."

"내가 어딜 가자고 했죠?"

"거북시장으로 가자고 했어요."

여인은 언제 이곳으로 오자고 했느냐며 발끈했다. 정수는 쓴웃음을 지었다.

"그럼 어딜 가자고 했나요?"

"거긴 안 갈 거예요."

정수는 도착지를 뚜렷하게 대라며 인상을 구겼다.

"우회전."

"그러고 나서요?"

"그냥 우회전."

이번 주엔 진상 손님을 만나지 않아서 무척 다행이라며 안도감을 느꼈지만 마지막 날인 토요일 밤을 무사히 넘기지 못할 것 같은 예감이 스멀스멀 밀려왔다. 학교에 다니는 아이들 책값이며 급식비에 보태려고, 맞벌이 하느라 제 몸을 제대로 돌보지 못한 아내에게 매일 두유라도 먹이려고 투 잡을 나선 지 다섯 달을 넘기는 동안, 주마다 다달이 진상 손님은 피해갈 수 없었다.

여인에게 도착지를 변경해서 예상했던 시간보다 더 소요되면 돈을 더 내야 한다고 말하자 여인은 지갑을 뒤적거렸다. 지갑에서 오만 원짜리 네 장을 꺼내며 흔들다가 도로 집어넣었다.

"이거면 되겠죠?"

거금이 내 수중에 들어올지도 모른다는 기대감에 구겼던 인상을 폈다.

"어디로 갈까요?"

"그냥 가요, 아무 데나."

목적지가 뚜렷해야 운전을 할 수 있다고 말하자, 여인은 가는 길로 쭉 가면 된다고 했다. 시계를 보았다. 열두 시 삼십삼

분이었다. 집을 그리워하기도, 집에서 멀리 떨어져 있기도 애매한 시간이었다. 정수는 여인의 입술이 열리기 전까지 앞만 보고 달렸다. 여인은 최초 목적지에서 점점 멀어져 가자 눈을 껌뻑이며 울먹였다.

"자식이라는 게 하나 같이 그 모양들이고, 남편 꼬락서니 하고는. 하, 으윽, 내가 집에 간들······."

여인의 말을 듣는 순간 아내의 얼굴이 떠올랐다. 어쩌면 아내도 어느 곳에서 이 여인처럼 두 아들과 정수의 푸념을 잔뜩 늘어놓고 있을지도 모르는 일이었다. 신호대기 중에 아내에게 전화를 걸었다. 최근 몇 달 동안 아내에게나 아이들에게 안부전화를 한 적이 없었다. 집을 벗어나면 연락은 땡이었다. 대구로 출장을 가서 하룻밤을 보냈을 때도 집에 대고 전화 한 번 건 적이 없었다. 집을 벗어날 때마다 정수는 집안을 걱정하기보다는, 가족들이 오히려 자신의 안부를 묻는 것이 당연하다는 논리가 작용한 탓이었다. 그러나 조수석에 앉은 여인 때문에 그의 지론은 일거에 무너지고 말았다.

아내는 전화를 받지 않았다. 신호대기 중에 집으로 전화를 했다. 중학교 삼학년인 둘째 아들이 전화를 받았다. 집의 안부를 물었다. 둘째는 "아니, 그, 그게⋯⋯."라며 버벅대다가 엄마가 한 시간 전쯤에 나갔는데 아직 귀가하지 않았다고 말했다. 자신이 약속을 지키지 않아서 집을 나간 것 같다고 했다. 시계를 보았다. 12시 47분이었다.

오밤중에 어딜 간 걸까.

누구 때문인지 아니면 무엇 때문인지는 알 수 없는 노릇이었지만 속상해서 집을 뛰쳐나간 건 분명해 보였다. 아내가 맘을 단단히 먹고 집을 비웠을지도 모르는 일이었다. 정수는 집 주변도 살펴보고 공원에도 가서 엄마를 찾으라고 일렀고, 찾거나 연락이 되면 통보하라고 말하며 전화를 끊었다. 한숨이 나왔다.

차는 무작정 달렸다. 여인이 오만 원을 정수에게 건넸다. 상황실에서 책정한 금액은 일만 오천 원이었지만 이 여인의 목적지는 이미 지난 터나 다름없었고, 이제는 정처도 없는 곳을 방황하느라 다음 콜을 받지 못했다는 점과 시간을 흘려보낸 점을 고려한 나머지, 정수는 여인이 건넨 돈을 기꺼이 받았다. 그가 노력한 것에 비하면 배가 넘는 큰돈이었다. 정수는 차를 몰다 말고 어둠이 깔린 대로변에 차를 댔다. 비상등을 켰다.

"진짜 갈 곳을 말해주세요. 어디로 갈까요?"

여인은 몸을 늘어뜨리며 정수가 가고 싶은 곳으로 차를 밀든지 끌든지 들든지 알아서 가라고 했다.

지금 가야 할 곳과 가고 싶은 곳은 집이었지만 집의 소식을 듣고 결정해도 늦지 않을 성싶었다. 밤이 깊어가므로, 정수가 가고 싶은 곳은 비교적 가까운 석남동의 국빈관나이트 사거리나 서구청 주변, 주안역이나 예술회관역 근처이거나, 보다 먼 아라비안나이트가 있는 계양구청 주변이나 상동역 인근이었다. 그런 곳에서 취객을 싣고 그런 곳의 먹자골목을 왕래한다면 이보다 더 훌륭한 코스는 없을 것 같았다. 그러나 여인의 차를 몰고 그녀와 함께 그가 가고 싶은 곳으로 갈 수는 없는 노릇이었다. 손님의 최초 목적지는 거북시장 근처의 '해수야 놀자'였고 그곳에서 멀어진다면 다시 그곳을 향해 가야 될지도 모르는 일이었다. 그런 이유로 정수는 여인에게 다시 거북시장으로 갈 것을 권했다. 여인은 손사래를 치며 고개까지 저었다.

"아니요. 안 가요. 나 집에 안 가요. 남편 때문에 안 가고 새끼들 때문에 안 갈 거예요. 전화 한 통 없는 남편, 더럽게 말도 안 듣고 약속도 안 지키는 새끼들, 내가 사라져버리면 끝나겠죠? 그러니까 아저씨, 아저씨 가고 싶은 데로 나를 태우고 무작정 떠나버리세요."

어디로 가야 할까.

정수는 차에서 나왔다. 인도에 올랐다. 도로를 보았다. 불빛을 발산한 차량이 어둠을 뚫고 달렸다.

어디로 갈까.

답답한 노릇이었다. 아내에게 또 전화를 했다. 받지 않았다. 카톡에 문자도 날렸다. 지금 어디냐고, 연락하라고, 아이들도 엄마를 애타게 찾고 있다고,

응답이 없었다. 다시 차에 올랐다. 유턴을 했다. 여인의 의향을 묻지 않고 달리는 것만이 지금으로서는 최선이라는 생각이 들었다. 오던 길로 차를 몰았다. 최초 목적지로 향했다. 거북시장 어귀에 차를 세웠다.

"손님, 저는 여기서 내려야겠습니다. 손님도 댁으로 가셔야지요. 댁이 어딥니까? 안 가르쳐 주시면 저도 이제 그만 차에서 내릴 겁니다."

여인은 오만 원짜리 지폐 한 장을 더 내밀었다.

"받아요. 아저씨, 이제 십만 원 남았네. 도착하면 십만 원 더 드릴게요."

정수는 눈을 둥그렇게 뜨고 입을 벌리며 또 받았다. 남은 십만 원까지 수중에 넣는다면 횡재나 다름없었다. 초저녁부터 다음 날 꼭두새벽까지 취객들을 태우고 꼬박 날라도 이십만 원을 벌기는커녕 프로그램에 이십만 원을 찍은 것도 한두 번뿐인데, 그야말로 운수 좋은 날이 될지 몰랐다.

"어디로 갈까요?"

"물이 흐르는 다리 위에 내려주세요. 도착하면 내가 가진 십만 원을 다 드릴게요. 물이 흐르는 다리로."

물이 흐르는 다리라니.

인천대교로 갈까, 영종대교로 갈까, 가양대교로 갈까, 바닷가로 갈까. 강변으로 갈까. 개천으로 갈까.

물이 흐르는 다리 위가 종착지라고 한다. 그러나 여인은 그런 곳에 가야만 하는 이유를 말하지 않았다. 지금 왜 그런 곳이어야만 할까. 물비린내를 맡으려는 것인지, 아늑함을 느끼려는 것인지, 물로 뛰어들겠다는 의도인지는 알 수 없지만 막연하게나마 여인이 요구하는 도착지와 종착점이 분명하게 정해졌다는 사실에 적이 안도감을 느꼈다.

어디로 갈까.

그나마도 천변이 가까울 성싶었다. 굴포천 방향으로 차를 몰았다. 간간이 휴대폰을 확인했다. 아이들에게도 아내에게도 연락이 없었다.

아내는 대체 어디로 간 걸까.

부부싸움을 할 때마다, 아이들의 저항에 밀릴 때마다, 그래서 집을 나갈 때마다, 아내는 모기에게 뜯기거나 찬 공기 때문에 또는 어둠이 무서워서 한 시간도 견디지 못하고 집으로 돌아오곤 했다. 집 주변을 서성거리거나 공원에 앉아 있다가, 정수가 찾을 수 있는 곳이나 아이들의 눈에도 쉽게 포착될 만큼 탁 틘 공간에 머물다가, 달래고 어르면 못이기는 척 돌아오곤 했던 아내였다. 그랬는데 오늘은 작심이라도 한 듯 장시간 집을 비우고 있다.

아내가 집을 나간 이유가 둘째 아들 말로는 자신이 말을 듣지 않고 약속을 지키지 않아서라고 했다. 그런 일이 잦은 탓에 정수는 둘째에게 과제 하나를 냈고 어제까지 완성하라고 지시를 했다. 아직 과제수행 여부를 확인하지 않았다. 깜박 잊고 하루를 흘려보냈다. 그 하루가 이틀째가 되어버린 이슥한 밤까지 아내는 집을 뜨고 말았다. 휴대폰이 울렸다. 둘째의 전화였다. 형과 함께 엄마가 머물만한 곳을 찾아다녔지만 보이지 않는다고 했다. 둘째에게 물었다. 과제는 수행했느냐고, 말이 없었다. 안 하거나 못한 것 같았다. 당장 이행하라고 말했다.

어디로 간 걸까.

어제 아침에 출근하려고 구두를 신고 있을 때, 오늘부터 변하겠다고 둘째가 다짐을 했다며 아내가 말했다. 정수는 "응" 소리로만 대답하고 둘째가 무엇을 다짐했는지 구체적인 내용은 묻지 않았다. 짐작만 했다.

중1 때, 둘째는 무섭도록 공부를 했다. 정수와 아내는 공부좀 그만하고 잠을 자라는 말을 수없이 반복했다. 그랬는데도 둘째는 새벽 세 시가 넘도록 책상에 앉아 있었다. 잠이 부족하거나 새벽 두 시 안에 잠들지 않으면 키가 안 크고 체력도 떨어진다며 누누이 타일렀지만 올백을 맞아서 전교 일등을 해야 한다며 고집을 피웠다. 일학년 첫 시험 때 암기과목에서 한 문제가 나갔지만 전교 일등을 했다며 좋아서 흥얼댔다. 그랬던 둘째가 이학년이 되자 책을 손에서 놓고 말았다. 휴대폰만 붙잡고 시간을 흘려보냈다. 정수와 아내는 지가 알아서 하는 놈이니까 금방 돌아올 거라고 생각했다. 기대도 했고 믿었다. 그러나 바람대로 되지 않았다. 시험 때는 시험을 이 주가량 남겨놓고 벼락치기를 해서 그런대로 전교권을 유지하기는 했다. 시험이 끝나면 책은 거들떠보지도 않았다. 본인의 요청으로 참고서도 두 권씩 사주었다. 그러나 펜 자국 하나 남기지 않았고 유효기간이 지난 탓에 파지 모으는 할머니의 유모차로 직행하곤 했다. 이런 이유로 둘째는 엄마와 다투곤 했다. 덩치는 부모와 어금버금한 탓에 아빠 앞에서는 머리를 숙이면서도 엄마에게는 대거리를 놓거나 대항하기 일쑤였다. 이따금 스스로 정신을 차리겠다거나 차렸다고 엄마 앞에서 호언장담도 했다. 그러나 둘째는 휴대폰의 노예가 되고 말았다. 그런 탓에 아내는 둘째의 휴대폰을 압수해 버렸다. 주말과 휴일에만 휴대폰을 둘째에게 건넸다. 둘째는 막무가내였다. 시시때때로 컴퓨터로 대화를 주고받거나 관할 도서관의 디지털 자료실에서 영화도 보면서 보란 듯이 그만의 전략과 전술을 구사했다.

그랬던 둘째가 어제부터는 정말 다를 거라고 했다. 학교나 집이나 어디서나 어느 때나 시간과 장소를 막론하고 아이들과 시시콜콜한 대화도 끊고 일학년 때처럼 공부에 미쳐보겠다며 엄마와 약속을 했다고 했다. 더불어 아빠가 내준 과제도 어제까지 마무리해서 가족들에게 보이겠다며 다짐을 했다.

아내는 어디에 있는 걸까.

정수 옆에 주저앉은 여인이 눈을 게슴츠레 뜨고 그를 보았다. 그러면서 말했다.

"존 윌리엄 워터하우스가 그린 〈샬롯의 여인〉을 아세요?"

"모르겠네요."

"알프레드 테니슨이 쓴 시 「샬롯의 여인」은?"

"그것두요."

"여인은 배를 타고 어디론가 가죠."

"어디로 가는 거죠?"

"사랑하는 사람에게 ……."

"……."

사랑하는 사람에게 배를 타고 간다는 샬롯의 여인. 정수는 그림 한 폭을 떠올렸다. 벽화였다. 집에서 가까운 담쟁이 넝쿨 아래쪽 담장에 그려진 한 폭의 벽화였다. 아무도 기다리지 않았다라는 일리아 레핀의 그림 제목이었다. 아내는 정수와 아이들이 자신과 한 약속을 어기거나 자신을 무시한다고 느낄 때면 레핀의 그림을 말하곤 했다. 언젠가 아내는 벽화 앞으로 정수와 아이들을 대동하고 레핀의 그림을 감상하라고 했다. 외출 후 집에 돌아온 여인이 거실에 우두커니 서 있는 그림이었다. 여인 앞에는 아이들 셋이 탁자에 자리를 잡고 앉아 서 있는 여인을 멀거니 바라보거나 놀란 표정을 지어보였다. 왜 왔느냐는, 뜻밖이라는, 기다리지 않았다는 얼굴이었다. 아내는 서 있는 여인을 가리키며, 자신의 처지가 이렇다고 말했다. 아내는 세 아이들이 마치 우리 집의 세 남자와 다를 바 없다고 말했다. 한마디로 말하면 '아무도 기다리지 않았다'는 우리 집을 그린 그림이라고 했다.

아내는 외출 후 집에 올 때면 남편과 자식들은 눈을 항상 피하고 표정을 일그러뜨린다며 레핀의 그림은 우리 가정의 일상이라고 말했다. 자신이 돌아오기 전까지 남편과 두 아들의 행실은 안 봐도 비디오라고 했다.

남편은 직장에서 아내보다 일찍 들어왔는데도 거실이며 방바닥에 널브러진 옷가지며 종이부스러기며 흩어지고 내려앉고 엎어진 물건들을 징검다리 건너듯 건너뛰기만 할뿐 손 하나 까딱하지 않고, 방바닥에 등을 대고 누워서 입은 푸르르 코는 드르릉거리며 잠을 자거나 컴퓨터 앞에 앉아 있을 뿐이며, 아이들은 거실바닥에 책가방을 내동댕이치고 양말 한 짝은 거실에 또 한 짝은 화장실에 벗어놓거나, 컵라면의 빈 컵과 젓가락도 방 안에 놓아둔 채 휴대폰으로 노트북으로 게임이며 카톡에 미치곤 할 때, 딱딱거리면 남편은 세상에서 제일 싫은 게 아내의 잔소리라며 응수하고, 자식들도 아빠 편에 설뿐이라며 아내는 자신이 훼방꾼이자 초대 받지 않는 손님에 지나지 않는다고 말했다.

아내는 정수와 아이들을 벽화 앞에 세워두고 보았으면 느끼고 느꼈으면 성찰하라고 했다. 아내는 정수와 아이들 행동에 변화가 없거나 일그러질 때마다 '레핀'을 외쳐댔다. 어제까지도 그랬다. 그랬던 아내가 오늘은 레핀을 입 밖에 내지 않고 아예 집을 탈출하고 말았단다.

여인을 태우고 굴포천에 도착했다. 다리가 있었고 물이 흘렀다. 안전지대에 차를 댔다.

"손님, 다리가 있네요. 물도 흘러요."

여인이 창문을 열었다.

"다리, 물, 샬롯의 여인, 배가 있을까."

혼잣말을 했다. 여인은 다리 밑 물가로 차를 대라고 했다. 주변을 살폈다. 수변으로 가는 길은 없었다.

"그 길은 없어요. 이제 내리겠습니다."

여인이 머리를 끄덕이며 지갑 속에서 나머지 돈을 꺼냈다. 십만 원이었다.

"여기요. 있는 돈 전부예요."

정수가 손사래를 치며 내리려고 하자 여인은 그의 팔을 붙들었다. 그러고는 손에 든 돈을 그의 주머니에 쑤셔 넣었다. 정수는 시동을 끄고 여인을 한동안 바라보았다. 여인이 운전석 쪽으로 왔다. 여인이 말했다.

"내리세요."

내렸다. 차에서 내리자 여인은 시동을 다시 켰다. 정수는 다리 난간에 몸을 기대고 여인의 동태를 살폈다. 라이트가 켜졌다. 경적이 울렸다. 정수를 부르는 소리였다. 다가갔다. 운전석의 창문이 열렸다. 그녀가 말했다.

"아저씨, 샬롯의 여인이 배를 타고 떠났다고 말해주세요."

이윽고 창문이 닫혔다. 차가 움직였다. 직진하는가 싶더니 비틀거리면서 '펑' 소리가 났다. 범퍼가 다리 난간에 부딪치는 소리였다. 차가 멈췄다. 그쪽으로 달렸다. 문을 열었다. 여인은 머리를 처박은 채 숨을 몰아쉬었다.

"손님! 괜찮으세요? 손님, 손님"

한동안 대답이 없던 여인이 머리를 들었다.

"구급차 부를까요?"

여인은 머리를 가로저었다.

"내리세요. 댁까지 모셔다 드릴게요."

"안 가, 집에. 배를 탄 샬롯의 여인이 될 거야."

배를 탄 샬롯의 여인?

궁금증이 일었다. 휴대폰을 손에 들었다. 인터넷으로 들어갔다. 검색했다.

넓은 강물은 그녀를 멀리멀리 실어갔다

샬롯의 여인을……

……

뱃머리가 흔들리면서…….

그녀가 부르는 마지막 노래를 들었다

샬롯의 여인의…….

그녀는 노래를 부르며 죽었다

샬롯의 여인은…….

이 여인은 결국 배 대신 차에 앉아 개천에 흐르는 물을 따라 죽으려는 걸까. 차를 관으로 삼고 알 수 없는 그만의 노래를 부르며 이 세상을 훌훌 떠나려는 걸까.

휴대폰을 닫았다. 여인에게 말했다.

"이곳을 떠나야 합니다."

여인을 조수석에 앉혔다. 여인은 힘없이 말했다.

"내가 여기까지만 데려다 달라고 했잖아요. 그다음은 내가 알아서 한다고. 쉬었다 갈게요. 아저씨는 그냥 가세요."

"손님, 운전하시면 안 돼요."

다시 차에서 내렸다. 그곳을 벗어났다. 휴대폰을 손에 들었다. 부재중 전화도 없었고 문자 한 통 들어 있지 않았다. 새벽 두 시였다. 버스도 끊긴 시각이었다. 셔틀도 이곳으로는 올 것 같지 않았다. 행인들도 보이지 않았다. 콜도 뜨지 않았다. 콜을 받아서 집 방향으로 가야 하고 아내도 찾아야 하는데 막막할 따름이었다.

아내에게 전화를 했다. 받지 않았다. 아이들에게 전화를 걸었다. 아내의 근황을 물었다. 여전히 부재중이라고 했다. 둘째에게는 지시한 것을 이행했는지 물었다. 모두 끝냈다고 했다. 잠들지 말고 대기하라는 말을 하고 전화를 끊었다. 아내에게는 장문의 문자를 보냈다.

번화가 쪽으로 걸었다. 등 뒤에서 흰색 승용차 한 대가 불빛을 흐늘거리며 가까이 왔다. 자동차는 차선을 넘나들며 불빛을 쏘아대더니 도로 한가운데 멈췄다. 그 여인의 차일까. 차를 향해 다가갔다. 그 여인이 탄 차였다. 운전석의 문을 열었다. 여인은 핸들에 머리를 처박고 있었다. 정수는 비상등을 켜고 운전석에 앉았다. 여인은 또 목적지를 운전자가 선택하라고 했다.

"손님, 그럼 저와 함께 어디론가 가요. 간 다음에 배를 탄 샬롯의 여인이 되든, 차를 타고 가는 여인이 되든 결정하세요."

아내에게 문자를 보내고 차를 몰았다. 여인은 말이 없었다.

정수네 집 인근의 계산역 쪽으로 향했다. 역에 도착한 정수는 담쟁이 넝쿨집 앞에 차를 댔다. 여인은 주변을 살폈다. 지금 상황에서는 정수가 선택할 수 있는 유일한 대안은 이곳이었다. 동승한 여인을 차에 방치한 채 내릴 수 없었고, 여인에게 운전대를 맡길 수 없으며, 배를 탄 샬롯의 여인이 되고 싶은 여인에게 선택권을 부여하기 위한 동행이므로, 자신을 따라오라고 권하며 여인을 차에서 내리게 했다. 아이들을 불렀다. 둘째에게는 수행한 과제를 지참하랬다. 아내에게 또 문자를 보냈다. 아이들이 내려왔다. 낯선 여인을 본 탓일까. 아이들은 술기운에 흔들리는 여인을 멀뚱멀뚱 바라보다가 정수에게 눈을 주었다. 여인의 정체를 묻는 눈이었다.

"응, 손님이야. 좀 있다 말할게. 일단 내려가자."

여인에게도 뒤따르라는 손짓을 했다. 담쟁이 넝쿨집의 코너를 돌아 벽화가 있는 담장 앞에 섰다. 레핀의 '아무도 기다리지 않았다'를 그린 벽화였다.

여인이 눈을 크게 떴다. 몸도 곧추세웠다. 조금 전 몸짓과는 사뭇 달랐다. 여인이 벽화를 가리켰다.

"아, 이, 이건……."

"이 그림을 아시나요?"

"예, 레핀이 그린 그림인데……."

여인은 그림 속에 우두커니 서 있는 여인이 자신의 처지와 다를 바 없다며 혼잣말을 했다.

정수는 대뜸 말했다.

"미안해요."

"……."

"아, 집사람 얼굴이 떠올라서……."

여인은 의아한 표정을 지으며 정수를 멀거니 보았다. 정수가 아이들에게 말했다.

"너희 엄마도 오라고 했다."

둘째가 말했다.

"오실까요?"

"글쎄."

여인이 끼어들었다.

"아내를 기다리나요?"

"네."

"왜 아이들만……."

"밤에 집을 나갔는데 연락도 없고 집에 오지 않아서요."

"왜죠?"

여인은 정수를 빤히 쳐다보았다. 정수는 여인을 응시하며 혼잣말을 했다.

"샬롯의 여인이 배를 타면 안 되는데……."

여인의 얼굴이 허공을 향했다. 아내는 오지 않았다. 사진을 찍었다. 자신을 찍었다. 아이들을 찍었다. 아이들과 함께 찍었다. 그러고 나서 지금 레핀의 그림 앞에서 기다리고 있다는 내용의 문자와 사진을 첨부해서 아내에게 보냈다. 십여 분이 흘렀을까. 어둠 속에서 둔탁한 발걸음 소리가 들렸다. 발짝 소리는 더 무겁고 크게 귓전에 울렸다. 아이들이 소리를 질렀다.

"엄마!"

아내였다. 가까이 다가온 아내는 정수와 아이들을 본 후 낯선 여인을 빤히 쳐다보았다. 정체를 묻는 듯했다. 정수는 두 여인의 눈치를 살폈다.

"손님인데…… 우리들 일로…… 잠시……."

아내는 시선을 거두었다. 정수는 둘째에게 턱짓을 했다. 둘째가 봉투에서 A4용지를 꺼냈고 첫째는 청테이프를 꺼냈다.

둘째가 정수의 눈을 보았다. 정수는 벽화 옆 담장을 가리켰다. 둘째가 용지를 들고 담장으로 다가갔다. 정수가 말했다.

"붙여라."

둘째는 들고 있던 용지를 벽화 옆 담장에 펼쳤다. 첫째는 펼친 용지를 붙였다. 그림이었다. 아내는 아이들이 붙인 그림으로 다가갔다. 여인도 그쪽으로 걸음을 옮겼다. 그림을 보고 난 아내는 정수와 아이들에게 눈을 주었다. 여인의 눈길도 정수와 아이들에게 향했다. 아이들이 붙인 그림은 〈모두가 기다렸다〉는 제목이었다. 둘째 아들의 솜씨였다. 벽화와는 딴판이었다. 외출하고 돌아 온 그림 속의 아내는 이를 드러내보이며 팔을 벌리고 있었고 아이들은 엄마의 품을 향해 달려갔다. 그림 속에서 정수는 아내를 바라보며 손가락으로 하트를 그렸다.

그림을 감상하던 아내는 그림처럼 이를 드러내 보이며 아이들에게 팔을 벌렸다. 아이들도 엄마 품을 파고들었다. 정수는 아내를 바라보며 손가락으로 하트를 그렸다.

이를 지켜보던 여인이 낄낄대며 웃었다. 여인에게 말했다.

"어디로 갈까요?"

여인이 대답했다.

"해수야 놀자."

학교에 온 삼대

육학년 교실 앞 게시판 앞에서 경서와 또래 아이들이 웅성
거렸다.

─빨갱이 것 없다

─빨갱이라서 빼버렸다

─그치?

─응.

찬주는 게시판 쪽으로 다가갔다. 아이들 중 하나가 다가오
는 찬주를 보자마자 뒷걸음질을 치면서 말했다.

"빨갱이 온다."

찬주는 게시판을 바라보았다. 없었다. 등교시간까지만 해
도 찬주가 쓴 글이 붙어 있었는데 이제 보니 찬주의 글 대신

장려상을 받은 정우찬의 글이 복도게시판에 자리를 잡고 있었다. 게시판 앞에서 웅성거리던 경서가 찬주 옆으로 바짝 다가왔다.

"빨갱이 니 것, 글이 진짜 빨개서 누가 떼서 똥휴지로 썼나봐. 크크크."

찬주는 숨을 거칠게 내쉬며 경서를 노려보았다. 이에 질세라 경서도 찬주의 눈을 응시했다.

"그러엄 그랬어야지. 니 글이 여기 붙어 있으면 아이들이 읽고 빨갛게 물들어서 우리나라가 망할 거야."

경서는 혀를 낼름거리며 4반 교실로 몸을 들이밀었다. 수업 시작을 알리는 벨이 울렸다. 찬주는 2반으로 들어갔다. 찬주가 교실에 들어서자 반 아이들이 약속이라도 한 듯이 일제히 같은 목소리를 냈다.

"찬주가 게시판에서 사라졌다아! 빨갱이 글이 떨어졌다아! 간첩이 떨어져 나갔다아!"

아이들은 책상을 두드리며 '킥킥' '끄극'하는 웃음소리를 냈다. 찬주는 주먹을 불끈 쥐며 눈에 힘을 주었다.

이윽고 담임선생님이 들어왔다. 소리가 멎었다. 찬주는 주먹을 풀었다. 국어시간이었다.

선생님은 아이들에게 5단원 첫 장을 펴라고 했다. '연설문'
이었다. 연설문에 대한 예문은 백범 김구가 쓴 「나의 소원」이
었다. 선생님이 예문을 읽었다.

"네 소원이 무엇이냐? 하고 하느님이 물으시면…… 독립이
오…… 우리나라의 독립이오 ……나는 또 독립……."

예문을 읽고 나자 우찬이가 질문이 있다며 손을 들었다.

선생님은 머리를 끄덕였다.

"선생님, 김구는 왜 죽었어요? 혹시 빨갱이라서 죽은 거 아
닌가요?"

"백범 김구는 빨갱이가 아니라 남쪽과 북쪽이 갈리지 않고
통일한국을 바라며 노력하시다가 돌아가셨어요."

선생님은 시대 상황을 상세히 설명했다.

우찬이 또 물었다.

"그럼 북한 빨갱이들하고 손잡으려고 했으니까 간첩이나
마찬가지잖아요?"

질문을 하고 난 우찬은 찬주를 힐끔거렸다.

선생님은 우찬의 의견을 바로잡아주면서 진도가 늦었다며

연설문과 관련된 수업을 진행했다.

　종례시간이었다. 반장과 부반장 우찬이가 끈에 묶인 책 뭉치를 교무실에서 들고 왔다. 담임선생님은 책 뭉치를 교탁에 올려놓고 끈을 자르면서 말했다.

　"우리 학교 문집인 『새싹들』이 올해도 나왔어요. 올해 우리 학교 글짓기 대회 때 상을 받은 학생들의 글이 학년별로 실려 있으니까 친구들이 쓴 글을 잘 읽어보고 소감을 나누도록 해요."

　담임선생님은 분단별로 맨 앞에 앉은 아이들을 나오게 해서 각 분단에 앉은 학생 수만큼 책을 가져가라고 했다. 찬주도 『새싹들』을 받았다. 전달이 다 끝난 것을 확인한 선생님은 문집을 책가방에 넣고 알림장을 꺼내라고 했다. 알리는 말이 끝나자 종례도 끝이 났다. 찬주는 책가방에 넣어 둔 문집을 다시 꺼내어 책 표지를 넘겼다. '차례'가 나왔다. 차례를 보았다. 찬주의 이름이 보이지 않았다. '할아버지'라는 글제로 우수상을 받은 경서와, 장려상을 받은 우찬의 글은 차례에 나와 있었다. 그러나 최우수상을 탄 찬주의 글은 '차례'에 올라 있지 않았다. 끝장까지 책장을 넘겼는데도 찬주의 이름도 찬주가 쓴 글도 보이지 않았다. 찬주는 얼굴을 붉히며 주위를 둘러보았다. 청소당번 아이들이 청소를 하고 있었고, 우찬은 책상에 걸터앉아서 찬주를 보며 히죽히죽 웃고 있었다. 찬주가 우찬을 보며 말했다.

"우찬이 너도 편집위원이지?"

"어."

"너희들 거는 있고 내가 쓴 글은 왜 없는 거야?"

"빨갱이 글이 최우수상인데 그 책에 있겠지 없겠냐?"

비아냥거리는 투였다.

"없는데?"

"그래? 그럼 나도 모르지 뭐."

찬주는 이런 사실을 담임선생님은 알고 계실 거라는 생각이 들었다. 책가방을 들고 밖으로 나갔다. 육학년 교무실로 갔다. 담임선생님은 교무실에 없었다. 급한 볼일이 있어서 나가셨다고 옆자리에 앉은 선생님이 말했다. 교무실을 나왔다. 집에 가려고 교문을 나서는데 등 뒤에서 "어이, 빨갱아!"하며 찬주를 부르는 소리가 들렸다. 뒤를 돌아보았다. 경서였다. 그가

다가왔다.

"우리 할아버지가 빨갱이들 때려잡아서 특진도 여러 번 했던 경찰이었는데 너도 잡혀 가면 어떡하냐? 걱정된다야."

경서는 그런 말을 흘려놓고 지나쳤다. 찬주는 경서의 뒷모습만 멀뚱멀뚱 바라보았다. 집으로 향했다. 길을 걸으며 『새싹들』을 다시 들춰보았지만 찬주의 글은 어디에도 없었다.

집에 왔다. 집에는 아무도 없었다. 찬주는 현관문을 넘자마자 책가방을 거실에 떨어뜨리며 소파에 누웠다. 마냥 누워만 있었다. 무료급식소에서 봉사활동을 하고 막 퇴근한 할아버지가 일으켜 세웠을 때에야 찬주는 소파에서 일어났다. 할아버지가 학원은 왜 안 가느냐고 물었지만 눈을 피하며 제 방으로 들어가 버렸다. 찬주는 엄마와 아빠가 직장에서 돌아왔을 때에도 방에서 나오지 않았다. 문밖에서 할아버지와 엄마, 아빠의 목소리가 들렸다. 찬주가 학원도 안 가고 방에 들어가더니 나오지 않는다는 할아버지의 목소리가 들렸다. 방문이 열렸다. 엄마였다.

"심찬주!"

엄마는 엄마가 왔는데도 인사도 없고 아빠가 퇴근하셨는데도 인사는커녕 나와 볼 생각도 않고 학원도 땡땡이를 쳤다며 역정을 냈다. 찬주는 엄마의 눈을 응시했다.

"엄마, 저 전학 보내주세요."

"전학? 무슨 뚱딴지같은 소리야? 누구한테 맞았니? 아니면 왕따라도 당한 거야?"

"예, 엄마 왕따 당하고 있어요."

엄마는 눈을 크게 뜨며 찬주에게 나가서 얘기하자고 했다. 찬주는 방을 나왔다. 아빠가 소파에 앉아 있었다. 찬주와 엄마, 할아버지도 소파에 앉아 찬주를 빤히 쳐다보았다.

엄마가 말했다.

"오늘 학교에서 무슨 일 있었던 거야?"

"예."

찬주는 방에서 『새싹들』을 가져왔다.

"제 글이 여기에 없어요."

아빠는 찬주에게 문집을 건네받고 표지를 넘겼다.

"최우수상을 탄 걸로 알고 있는데, 이럴 수가……."

찬주는 우수상과 장려상은 책에 있는데 자신의 글이 빠진 이유를 알 수 없다고 말했다. 글을 빼겠다는 말을 누구에게도

들은 적이 없고 왜 빠졌는지에 대해서도 누구 하나 알려주지
않았다고 말했다.

"어머, 어머머!"

엄마는 할 말을 잃고 '어머 어머머'라는 소리만 연방 질렀
다. 아빠는 지난번에 할아버지에 대한 이야기로 상을 받지 않
았느냐고 찬주에게 물었다. 찬주가 그렇다고 대답했다. 아빠
는 찬주의 등을 두드렸다. 아빠는 찬주를 위로하며 잠깐 방에
들어가 있으라고 했다. 찬주는 방으로 들어갔다. 아빠 목소리
가 들렸다.

"아버지, 아무래도 아버지가 간첩죄로 감옥살이 했다는 이
야기를 찬주가 썼다고 책에서 일부러 뺀 것 같아요."

"그런 것 같어. 애비는 이 일을 어츠게 했으면 좋겠냐?"

"담임선생님도 만나보고……."

아빠 목소리는 더 이상 들리지 않았다.

이틀이 지났다. 오후였다. 수업이 끝날 즈음에 찬주 아빠와
엄마, 할아버지가 교장실로 갔다. 『새싹들』 사건 때문이었다.
찬주 아빠가 교장에게 말했다.

"우리 찬주가 빨갱이라고 따돌림을 당하고 있어요. 전학을

보내달랍니다. 전학을 보내야 되나요?"

"빨갱이라고 놀림을 받아요?"

"아직 모르고 계셨습니까? 할아버지에 대한 글 때문이라
던데."

찬주 아빠는 『새싹들』을 꺼내 보였다.

"먼저 좀 짚고 넘어갈게 있어요. 최우수상을 받은 우리 아이
글은 왜 실리지 않았나요?"

"이럴 수가!"

교장은 귀를 벌겋게 달구며 교감을 불렀다. 교감이 들어왔
다. 교장은 문집에 대한 내용을 전달했다. 교감이 말했다.

"저도 금시초문입니다."

교장은 교감에게 육학년 부장을 불러오게 했다. 육학년 부
장이 교장실로 들어왔다. 육학년 부장도 아는 바가 없다고 말
했다. 육학년 부장은 『새싹들』 편집장을 맡고 있는 선생님을
불렀다. 편집장은 자신의 실수라며 사과를 했다. 찬주 아빠가
눈을 부라리며 소리쳤다.

"실수요? 실수라고 했어요? 편집위원들은 누굽니까. 편집
위원들을 불러주세요."

편집장은 머뭇거리며 육학년 부장과 교감 그리고 교장의 눈치를 살폈다.

"편집위원들은 학생들인데. 학생들을 부르기는……."

"왜요? 켕기는 게 있나요? 부르세요!"

찬주 아빠의 격앙된 목소리가 쩌렁쩌렁 울렸다. 교장이 편집장에게 눈짓을 했다.

편집장이 밖으로 나가려고 하자, 찬주 엄마가 나섰다. 찬주 엄마는 편집장에게 밖으로 나갈 것 없이, 이 자리에서 부르라고 했다. 편집장은 편집위원들의 명단을 확인 한 후 해당 학생들에게 전화를 했다. 여학생 두 명과 우찬을 포함한 남학생 두 명이 교장실로 왔다. 분위기를 감지한 탓인지 아이들은 정색을 하고 차렷 자세를 취했다. 찬주 아빠는 아이들에게 학년과 반, 이름까지 물었다. 찬주 아빠는 찬주와 같은 반인 우찬에게 물었다.

"우수상은 책에 실리고 장려상도 실렸는데, 우찬이는 장려상을 받았구나. 근데 우찬아, 니 글은 실렸는데 최우상까지 받은 우리 찬주 글은 안 실렸네. 왜 그랬는지 편집위원이니까 우찬이는 잘 알 것 같구나. 말해 보렴."

우찬은 머리를 긁적였다.

"그게, 그게……."

"응, 그게?"

"……."

우찬은 편집장을 쳐다보았다. 찬주 아빠가 말했다.

"말 못 하겠니?"

"예."

찬주 아빠는 다른 아이들에게도 같은 질문을 던졌다. 다른 아이들도 편집장의 눈치를 살피며 말문을 열지 않았다. 찬주 아빠는 게시판에 걸린 찬주의 글을 떼버린 것과 맥락이 같고, 교장실에 오기 전 일정 부분에 대한 정보를 입수하고 왔다며 교장에게 압박을 가했다.

"교장선생님! 교장선생님이, 우리 아이 글 내리고 빼라고 지시하셨나요?"

교장은 입을 열지 않았다. 이를 지켜보고 있던 편집장이 대뜸 무릎을 꿇었다.

"죄송합니다. 제가 찬주 글을 임의로 뺐습니다."

찬주 아빠가 좌중을 보며 말했다.

"그래요? 이 학교는 교장선생님 결재도 없이 일을 처리합니까? 그럼 처음부터 탈락시키든가 했어야죠. 상은 줘놓고 뒤늦게 문집에 실으려다 보니까 문제가 될 것 같던가요? 학교는 신성하고 순수하고 정의로운 곳인 줄 알았고, 참교육을 실천하는 교육기관으로 생각했는데 그게 아니네요. 초등학교까지 보수정권의 눈치를 보다니……."

찬주 엄마가 나섰다.

"우리 아이가 상처 받을 생각은 안 해 봤나요? 우리 찬주 오늘 학교에 오지 않았어요. 안 오겠대요. 전학 가겠대요. 빨갱이라고 놀림당해서 얼굴 들고 학교에 다닐 수가 없대요. 우리 아이가 그동안 얼마나 상처를 받았으면……."

찬주 엄마는 말을 맺지 못하고 눈물을 훔쳤다. 곁에서 지켜만 보던 찬주 할아버지가 말했다.

"다, 이 할애비 때문이다. 내 잘못이당께. 내가 이북에 납치만 안 당했어도. 감옥살이만 안 혔어도. 그놈의 간첩죈지 뭔 그런 죄 땜시 죄 없는 내 아들 내미는 공안당국에 감시를 받고 살더니, 인자는 내 손주까지 빨갱이로 몰릴 줄 누가 알았겄냐, 허어."

찬주 할아버지도 눈물을 흘렸다. 편집장도 눈을 껌뻑였다. 찬주 아빠가 교장에게 말했다.

"교장선생님, 편집장이 스스로 빼지 않았을 겁니다. 교감선생님 또는 교장선생님께서 지시한 사항을 따랐을 겁니다. 교장선생님, 잘못을 인정하시죠?"

"어찌 되었건 도의적인 책임은 저에게 있습니다."

찬주 엄마가 말했다.

"도의라니요? 교장선생님은 업무에는 뒷짐지고 있다가 도의적인 책임만 지는 분인가요? 공식적으로 사과하세요."

교장은 사과를 했다. 찬주 아빠는 탁자 위에 놓인 문집을 교장 앞으로 밀었다.

"이 책 다시 만들어주세요."

교장은 토끼눈을 했다.

"다른 건 고려 할 수 있지만 그건 학교 재정상……."

"그래서 못하시겠다는 겁니까?"

"다른 건 뭐라도 할 수 있겠는데……."

찬주 아빠가 가족들의 눈치를 살폈다.

"그럼 한 발 양보를 하죠. 우리 아이 글을 따로 인쇄해서 학생들에게 나눠주시고 책에도 끼워주세요. 그리고 그게 다가 아닙니다. 우리 아이가 빨갱이라고 놀림을 받고 있는데, 그 문제는 어떻게 해결하실 건가요?"

뾰족한 수를 찾지 못한 탓인지 교장은 한동안 침묵으로 일관하다 입을 열었다.

"예, 안건을 제시해주시면 적극 검토해서 수용하도록 노력하겠습니다."

찬주 아빠는 가족회의를 통해 의견을 모아서, 결정된 의견으로 협조를 구하겠고 했다.

찬주는 엄마와 아빠, 할아버지와 함께 학교에 왔다. 찬주와 가족이 찬주네 반이 있는 복도를 지나치자 아이들이 복도로 나와서 속삭였다.

—빨갱이 가족이 온다

—김일성 온다

—김정일도 온다

—김정은도 왔다

아이들은 또 "간첩이 왔다. 머리에 뿔났는지 잘 보자. 괴물이다. 무섭다"고 말했다.

속삭이는 소리였지만 찬주의 귀에는 경서와 우찬이의 목소리가 더 크게 다가왔다. 등줄기로 식은땀이 흘렀다. 찬주는 가족과 함께 방송실로 갔다. 전교생을 대상으로 방송을 통해 찬주 할아버지가 이야기를 들려주는 시간을 갖는 것으로 학교 측과 합의를 했다. 할아버지가 들려 줄 내용은 글짓기 대회 때 찬주가 최우수상을 받았던 '북에 끌려 간 할아버지'에 대한 적나라한 이야기였다.

찬주 할아버지는 마이크를 가슴에 꽂았다.

"어짠 사람이 빨갱인지 이 할애비도 잘은 모르겄는디, 북한을 이롭게 하는 사람들이 진짜 빨갱이 아니겠소. 이야기 속에 이 할애비는 심 씨라는 사람인디, 누가 진짜로 빨갱인지 학상 여러분은 잘 들어 보시오이. 일천구백육십팔년 유월 하순이었지요. 우리 배가 꽃게를 잡아서 상자에 넣고 있는디, 북쪽 바다에서 보트 한 척이 물살을 가름시롱 우리가 탄 '춘덕호' 쪽으로 오더랑께요. 갑판장이 보트를 쳐다 봄시롱, 아따 우리나라 경비정이 우릴 경비해주러 인자 온다고 말을 혔는디."

이야기는 계속되었다.

갑판장은 잡은 꽃게를 상자에 연방 부었다. 잠시 후였다. 보트가 속력을 늦추며 심 씨가 탄 배에 댔다. 선원들은 일제히 보트를 바라보며 마음을 졸였다. 인공기가 펄럭이는 보트였기 때문이었다. 보트에는 네 명이 타고 있었다. 바다색 제복에 모자를 쓴 사람들이었는데 그들은 모두 총을 들고 있었다. 보트에서 줄에 달린 너트 두 개가 어선으로 날아왔다.

"너트를 배에 걸고 당겨!"

영문을 알지 못한 선원들은 서로의 얼굴만 멀뚱히 바라보았다. 보트에 있던 두 사람이 춘덕호를 향해 총을 겨누는가 싶더니 공중에 대고 따발총을 쏘았다. 선원들은 일제히 몸을 웅크렸다.

"걸고 당겨!"

갑판장과 심 씨는 너트를 손에 쥐고 선장을 바라보았다. 선장은 머리를 끄덕였다. 선장의 신호에 따라 너트를 걸쇠에 걸고 줄을 당겼다. 보트가 어선에 닿자 세 사람이 총을 어깨에 메고 춘덕호에 올랐다. 그들의 가슴에는 김일성 배지가 붙어 있었다. 갑판에 올라온 그들은 선원들에게 총을 겨누며 머리에 손을 올리라고 했다. 선장과 기관장 갑판장을 포함한 선원들을 갑판에 꿇어앉히며 지시에 응하지 않으면 모두 사살하겠다고 엄포를 놓았다.

선장실로 들어간 그들은 선장에게 해주 방향으로 키를 잡으라고 명령했고 기관장은 기관실로 보냈다. 심 씨와 나머지 선원들에 대해서는 한 발짝이라도 움직이면 쏘겠다며 총을 겨누었다. 보트에 남아 있는 일행 중 한 사람이 춘덕호에 올라온 동료들에게 줄을 내리라고 소리쳤다. 갑판에 올라온 그들 모두는 보트를 바라보았다. 그 순간 춘덕호 선원 중 심 씨보다 두 살 아래인 고흥 출신의 마 씨가 갑판을 스치는 소리와 함께 보트가 있는 반대편 바다로 뛰어들었다. 널빤지가 삐그덕 거리는 소리와 바닷물이 텀벙이는 소리가 났다. 소리가 들리자 보트를 바라보던 그들은 반대쪽으로 잽싸게 움직이며 마 씨가 뛰어든 바다를 바라보았다. 수면으로 솟아 오른 마 씨는 배 밑창에 몸을 바싹 들이밀며 머리만 빠끔히 내민 채 스크류 쪽으로 숨었다. 이를 지켜보던 그들은 마 씨의 머리를 향해 총을 난사했다. 그 순간 마 씨를 감싸고 있던 흰 물살이 붉은 피로 물들었다. 심 씨는 몸을 떨며 눈을 감았다. 그들은 그들이 보트에 타서 인공기를 흔들면 이북을 향해 출발하라고 선장에게 명령한 뒤 배에서 내렸다. 그들은 인공기를 흔들었다.

춘덕호 뱃머리가 북으로 향했다. 심 씨는 몸을 웅크리며 선장실로 갔다. 선장은 북쪽 바다를 향해 키를 잡고 있을 뿐이었다. 심 씨는 해양경찰에게 무전을 쳐서 구조요청을 하라고 말했다. 그러나 선장은 이미 선장이 아니었다. 보다 못한 심 씨는 무전기에 대고 "소연평도 서남쪽 메룬둔인디, 우리 쪽 경비정이 하나도 없소. 우리는 지금 북한으로 납치되고 있단 말이오. 그라고 한 사람이 인민군 총에 맞아 죽었소"라며 빠른 구조를 바란다는 무전을 쳤다. 무전기에서는 지금 출동하겠는 목소리가 흘러나왔다. 그러나 춘덕호는 이미 북방 한계선 너머 북쪽 바다에서 물살을 가르고 있었다.

납치된 지 한 시간쯤 되었을까. 춘덕호는 북녘 땅에 닻을 내렸다. 구월산 아래 해변이었다. 뭍에 내렸다. 보트에 탄 납치범들도 내렸다. 납치범들은 춘덕호의 선원들을 언덕으로 인솔했다. 언덕배기에 회색 페인트로 얼룩진 조그만 막사 하나가 보였다. 심 씨를 포함한 일곱 명의 춘덕호 선원들은 막사로 끌려갔다. 점심때가 되자 그들이 차려 준 밥을 먹었다.

해 질 무렵이었다. 군용트럭 한 대가 막사로 왔다. 춘덕호 선원들은 납치범들과 함께 군용트럭에 올랐다. 트럭이 해주를 지나고 밤이 이슥할 무렵 평양 역전에 도착했다. 그들과 함께 내렸다. 눈앞에 '평양역호텔'이라는 삼 층짜리 건물이 보였다. 납치범들은 선원들에게 총을 겨누며 호텔로 몰았다. 현관문을 열고 안으로 들어서자 인민군들이 로비에서 어깨에 총을 메고 경계를 서고 있었다. 계단을 따라 2층 203호로 갔다. 네 명이 겨우 몸을 뉘면 될 만큼의 작은 방이었다. 일곱 명의 선원들은 그 방에서 몸을 포개어 머리를 뉘었고 눈을 붙였다.

찬주 할아버지는 몸을 떨었다.

"자고 있는디 기상나팔소리가 울린께 잠이 깼지요. 시계를 본께 여섯 신디 회색 정장을 한 남자가 우리 방 하고 옆방을 돌아다님시롱 이불을 개 놓고 무슨 강당으로 모이라고 소락지를 막 지르고 다녔지라우. 그래갖고 강당으로 갔제라우. 가서 자리에 앉으랑께 자리에 앉았는디. 한 십 분이 지난께 허허 사람들이 어마어마하게 모였지라우. 한 삼백 명은 넘었지 아마. 그랬는디 앞에 앉은 사람한테 내가 물어 봤지라우. 어디서 왔냐고 그랑께는, 동해안에서 고기를 잡을라고 했는디 우리처럼 사람한테 잡혀서 왔다네요. 또 그 옆에 사람한테도 물어 본께는 서해안에서 납치돼서 왔다고 하더라고. 그랬는디 내가 주위를 뼁 둘러본께, 어제 우리를 납치했던 사람들은 어디로 갔는지 안 보이고 회색 정장을 입은 안내원인가 요원인가 하는 북한 사람들이 한 삼십 명 보인디. 그랬는디 그 사람들은 우리를 감시할라고 그란지 우리를 째려 봄시롱 어슬렁어슬렁 걸어 안 댕기요."

찬주 할아버지는 몸을 움찔거리며 이야기를 이어갔다.

회색 정장을 입은 사람 중 한 사람이 마이크를 들고 선원들을 노려보며 '평화통일 위원회' 요원이라고 자기소개를 하면서, 아침밥을 먹고 오전 아홉 시까지 모두 강당으로 모이라고 했다.

요원들과 함께 아침을 먹고 아홉 시가 되자 선원들은 강당에 다시 모였다. 마이크를 든 평화통일 위원회 요원이 '사상교육' 시간이라며 교육을 시작하겠다고 했다. 요원은 "남조선 동무들은 북방한계선을 넘어서 조업한 죄로 여기에 모였다, 위대한 수령 김일성 동지의 뜻을 받들어 벌은 안 주겠다, 그 대신 우리 북조선이 얼마나 좋은 나라인지 공장 구경도 시켜주고 밥 따뜻이 먹이고 잠을 재우겠다. 남조선의 양키 놈들은 오늘도 남조선 청년들을 잡아다가 과녁 삼아서 총 쏴서 죽이고 부녀자들을 잡아서 강간하고 머리도 빡빡 깎고 온몸에 페인트칠을 해서 내쫓는다. 그런 줄 아느냐고"고 교육했다.

이런 교육이 사흘 동안 이어졌다. 나흘째 되는 날이었다. 요원이 또 양키놈이 어떻고 부녀자들이 또 어떻다고 썰을 풀려는 순간, 강당 복판에 앉아 있던 심 씨가 말을 가로막았다.

"야, 이 개새끼들아! 너희들 정치가 좋으면 좋은 것만 선전을 해. 내가 지금 마흔이 다 돼 가는디, 내가 태어나서 이 나이 먹도록 살았어. 그란디 생전 듣지도 보지도 못하고, 상상도 할 수 없는 거짓말로다가 우리를 꼬실라고 그라요. 입술에 침이나 바르고 공갈을 치시오!"

심 씨가 목청을 높이자 일순간 침묵이 흘렀다. 무서운 정적이었다. 교육을 하던 요원은 심 씨를 노려보는가 싶더니 한 요원에게 턱짓을 했다. 강당 옆에 선 건장한 체구의 요원이 "어이!"하며 가까이 오라고 손짓을 했다. 심 씨가 다가가자 밖으로 나가자고 했다. 밖으로 나갔다. 강당 밖에서는 요원 한 명이 대기 중이었다. 강당에서 심 씨를 끌고 나온 요원은 허리에서

권총을 빼들고 심 씨에게 군용트럭에 오르라고 명령했다. 트럭에 올랐다. 권총을 겨눈 요원과 밖에서 대기 중인 요원도 트럭에 올랐다. 트럭은 평양을 벗어났고 좁다란 산길로 향했다.

트럭이 산길을 따라 이십여 분가량 굴러가자 산속에 얼룩무늬로 단장한 단층 건물 한 동이 눈에 들어왔다. 담장에는 철조망이 둘러 있었다. 들머리에는 보초병들이 보초를 서고 있었다. 심 씨를 태운 트럭이 그 건물로 진입했다. 트럭에서 내렸다. 건물을 올려다보았다. 건물 외벽에는 '김일성 연구실'이라는 글귀가 혈서처럼 붉게 씌어 있었다. 안으로 들어갔다. 방마다 번호가 있었고 연구실도 있었다. 연구실에서 군인 한 명이 밖으로 나왔다. 군인은 트럭에서 내린 요원과 속삭였다. 그들은 심 씨를 끌고 복도 끝 쪽으로 갔다. 창살로 된 112호의 철문을 열었다. 심 씨를 철문 안으로 밀었다. 문을 닫았다. "삐익, 터덩" 하는 소리가 났다. 문 잠그는 소리였다.

방 안에는 접이식 침대 하나가 놓여 있었다. 골방이었다. 심 씨는 벽에 몸을 기대어 앉았다. 별안간 창살 틈으로 종이 한 장이 나풀거리며 방 안으로 떨어졌다. 볼펜도 방에 떨어지는가 싶더니 용변을 보고 싶으면 종이에 적어서 문밖으로 떨어뜨리라는 말소리가 가늘게 들렸다. 심 씨는 그들의 지시에 따랐다. 끼니때면 문 아래 쪽 창살 틈으로 음식이 전해졌고 그 음식을 받아먹으며 끼니를 해결했다. 죄수처럼 그곳에 갇혔다. 심 씨는 날이 갈수록 죽음에 대한 공포가 밀려 왔다. 앞을 내다볼 수 없는 상황인지라 잘못했다고 싹싹 빌지 않으면 죽을지도 모른다는 생각이 들었다.

찬주 할아버지는 몸을 움츠렸다.

"찐짜 무섬탐이 생기더랑께요. 그래갖고 거기서 사흘째 되는 아침이었는디. 그 사람들이 나보고 바깥으로 나오라고 안 그라요. 그랑께 내 가슴이 콩닥콩닥 안 뛰요. 아 인자 나를 죽일라고 그란구나 생각했는디. 나를 101호로 끌고 들어가더랑께. 그 안으로 들어간 사람은 사흘 전에 트럭을 같이 타고 온 사람 두 명 하고, 이짝에서 나를 감시한 요원이었는디. 와마와마 벽에 큰 김일성 사진이 딱 붙었더라고요. 그 사진을 보자마자 나보고 김일성 수령한테 충성을 다하라고 하겠구나 하는 생각이 퍼뜩 들기도 하고. 막 그런 생각이 들었는디 나보고 탁자에 앉으라고 한께 앉았지요."

찬주 할아버지는 입술을 떨었다. 이야기는 계속되었다.

연구실 요원이 심 씨에게 유언장이라도 받으려는지 여러 가지를 물었다. 나이는 몇이고 고향은 어딘지, 자란 곳은, 현 주소는, 부모는 어떤 분이고 성향은 어떠한지, 외가의 집안까지도 물었다. 결혼은 했는지 처가는 어떤 집안인지까지도 캐물었다. 버티다간 죽을지도 몰라서 심 씨는 응했다.

요원은 심 씨에 대한 심문이 끝난 듯 함께 트럭을 타고 온 요원들에게 눈짓을 했다. 그들 중 건장한 체구의 요원이 눈을 부라리며 심 씨를 노려보았다. 그러면서 당신 너무하지 않았느냐, 사람들 많은 데서 그렇게 얘기하는 것은 결례라고 말했다.

심 씨는 순간, 아내와 자식들이 떠올랐다. 죽음의 그림자가 드리워졌다. 두려웠다. 입술을 떨었다. 입을 열었다. 우리 남한에서는 먹고 싶으면 먹고, 자고 싶으면 자는 자유가 있다고, 어쨌든 잘못했다고, 며칠 동안 거기다 딱 가둬놓고 감옥 같은 생활을 하다 보니까 불이 나서 그랬다고. 심 씨가 뉘우친 기색을 보이자 조건 하나를 제시했다. 우리 북조선이 남침을 하면 북조선을 도와줄 거냐고. 심 씨는 이 질문에 대한 답으로 사느냐 죽느냐가 결판날 것만 같았다. 살고 싶었다. 거짓말이라도 해야 될 것 같았다. 그래서 힘주어 말했다. '도와주겠습니다!' 라고. 그날 오후 심 씨는 그곳을 빠져 나왔다. 동료들이 머물고 있는 '평양역 호텔'로 왔고 선원들과 합류했다.

심 씨는 평양역 호텔에서 이틀을 더 머문 뒤 대기 중인 버스에 올랐다. 북쪽 지방을 견학할 예정이라고 했다. 견학 길에 올랐다. 평안북도 정주군에 있는 양조장과 정미소를 들렀고, 내려오는 길에 대동강 주변의 진남포제련소와 조선소 화학공장을 견학했다. 숙박지는 이 층짜리 '진남포초대소'였다. 여인숙이나 다름없는 시설이었다. 그곳에서 많은 날을 보냈다.

찬주 할아버지의 말은 계속되었다.

"진남포초대소에서 이레째 되는 날이었는디. 밤 아홉 시가 된께 불을 다 꺼부렀어요. 그 시간만 되면 항상 불을 꺼부러요. 우리 방에는 여섯 명이 들어차서 잠을 잘라고 누웠는디. 잠이 안 와요. 이러다가 우리나라로 못 가나 걱정이 된께. 그래갖고 내가 누워서 껌껌한 천장을 쳐다 봄시롱 사람들한테 말을 안 했소. 우리 그라지 말고 내일 아침에 저 사람들이 우릴 깨우러 오면은 아프다고 합시다. 아퍼서 못 일어나겄다고 합시다. 밥도 아퍼서 못 묵겄다고 하고 밥 묵으러 가지 맙시다. 그러다 보면은 우리나라로 안 보내주겄소. 내가 사람들한테 그렇게 말을 한께는 네 명이 먼저 그라자고 대답하고 좀 있다가 두 명도 그래 봅세다 함시롱 모의를 했제라우."

찬주 할아버지는 진짜 빨갱이가 어떤 놈들인지 알아야 한다고 목에 힘을 주며 말을 이었다.

아침이 왔다. 기상을 알리는 사이렌 소리가 났다. 심 씨의 숙소로 요원이 들어와서 "기상, 기상!" 하는 소리를 연방 내질렀다. 그러나 이불 속에서 아무도 나오지 않았다. 끙끙거리며 앓는 소리를 냈다. 심 씨는 이마를 만졌고 나머지 사람들도 배를 만지거나 어깨를 늘어뜨렸다. 이불을 덮거나 뒷머리를 툭툭 치며 병자의 몸짓도 했다. 이를 지켜보던 요원이, 동무들 어디 아프냐고 묻다가 씻고 밥 먹고 구경 가자, 엊저녁에 공모한 거 다 알고 있으니까 날래 일어나라고 말했다.

심 씨와 선원들은 눈을 멀뚱히 뜨고 서로의 표정과 몸짓을 살피며 몸을 일으켰다. 그날 저녁이었다. 잠자리에 들 때였다. 내일 아침에도 어젯밤에 공모한 것처럼 또 아프다고 하고 일어나지도 말고 밥도 먹지 말자는 약속을 했다.

오늘은 배신자 색출이 목적이었다. 집히는 사람이 있었지만 목격하지는 못했으므로 신원을 파악한 후에 배신자를 응징하겠다는 의도였다.

모두 잠 든 소리가 났다. 코고는 소리와 이를 가는 소리, 몸 긁는 소리가 방 안에 가득했다. 심 씨도 코를 골며 자는 척을 했다. 그러자 누군가가 이불을 걷어내고 몸을 일으켰다. '영성호' 선장의 잠자리였다. 심 씨는 숨을 죽였다. 어둠 속이었지만 체구로 보나 머리 모양으로 보나 영성호 선장이 틀림없었다. 영성호 선장은 심 씨의 레이더에 포착된 때가 한두 번이 아니었다. 일본에서 중학교를 나왔다는 영성호 선장은 평소에도 요원들과 함께 귀엣말을 나누거나 머리를 끄덕였고 그들과 함께 킥킥거리며 웃기도 했다. 그런 행위를 목격한 사람은 심 씨뿐만이 아니었다.

이불을 밀치고 일어난 선장은 팬티와 런닝셔츠만 걸치고 방문을 열고 나갔다. 심 씨도 속옷 바람으로 선장의 뒤를 밟았다. 선장은 작은 구멍으로 몸을 들이밀고 일 층으로 내려갔다. 심 씨는 그를 보았다. 선장은 사무실로 들어갔다. 십여 분이 흐른 후 선장은 그곳에서 나왔다.

배신자의 정체가 밝혀진 순간이었다.

납치된 지 육 개월이 지난 11월, 요원들은 선원들을 모두 남한으로 돌려보내겠다고 했다. 심 씨와 선원들은 항구로 향했다. 동해안 쪽에서 온 선원들은 동해안으로 향했고, 인천과 목포, 군산 쪽 선원들은 서해안으로 향했다. 심 씨를 포함한 인천행 선원들은 남한으로 내려오는 배를 띄우기 전에 영성호 선장을 두고 옥신각신이었다. 빨갱이들에게 동조하고 선원들을 배신한 그를 돌을 달아서 연평바다에 빠뜨려버리자고 하거나, 그렇게 되면 살인죄로 감옥살이를 할지도 모른다며 만류하기도 했다. 심 씨는 우리가 납치되었다지만 반공법 위반이고 살인까지 저지르면 가중처벌 되므로 그를 살려서 우리나라로 내려가자고 했다. 심 씨의 제의는 받아들여졌다.

배가 북방한계선을 넘어서자 인천, 목포, 군산에서 온 경비정에서 경찰들이 담당 어선에 올라타며 검문검색을 했다. 검문한 지 오 분쯤 흘렀을까. 검문 중이던 경찰이 심 씨를 찾았다. 경찰은 심 씨와 다른 어선의 선원 한 명도 경비정에 오르라고 했다. 심 씨는 경비정을 타고 인천항에 내렸고 북에서 내려 온 선원들과 함께 경기도 경찰서로 연행되었다. 지하실로 갔고, 오십여 명의 선원과 함께 지하실에 있는 유치장에 갇혔다. 경찰은 심 씨와 함께 경비정에 탔던 선원을 불렀다. 기자회견이 있으므로 심 씨를 포함한 두 명은 기자회견장으로 가자고 했다. 회견장에 들어서자 방송과 신문기자들이 사진을 찍느라 조명을 연방 터뜨렸다. 기자들은 언제 어디서 어떻게 왜 납치됐는지 꼬치꼬치 캐물었다. 심 씨는 사실대로 실토했다.

그날 저녁이었다. 방송에서는 북측에 나포된 선원들이 지형지물, 경비초소 등 국가 기밀을 북한에 제공해 무장공비 침투를 용이하게 했다는 판단에 따라 전원 구속해서 수사를 한다는 내무부 방침의 발표를 보도했다. 남한 어선들이 어로저지선과 군사분계선을 넘었으므로 수산업법과 반공법이 적용되었다는 사실도 덧붙였다.

심 씨를 포함한 선원들은 경기도경찰서에서 하룻밤을 보내고 소래 쪽에 위치한 유치장으로 끌려갔다. 숲속의 유치장이었다. 소래로 온 지 일주일이 지났는데도 방면될 기미는 보이지 않았다. 심 씨는 중부경찰서에서 왔다는 정보과장에게 면

담을 요청했다. 정보과장은 심 씨를 조사실로 불렀다. 심 씨가
말했다.

"우리가 어째서 수산업법 위반이고 반공법 위반인지 참말
로 모르겠네요. 이북에 끌려가갖고 구사일생으로 육 개월 만
에 돌아왔는디, 보상은 못해줄망정 간첩으로 몰아불다니 그
거이 말이나 되는 소리다요? 나는 북한에서도 대한민국은 자
유의 나라라고 그 사람들을 혼내다가 그 사람들한테 잽혀서
며칠 동안 김일성연구실에 갇혔던 사람인디 진짜 이거 너무
하요야. 우리가 납치된 날 해경이 경비를 서주기로 했는디 경
비를 제대로 안 선 대한민국경찰들이 잘못헌 거 아니요? 근디
어째서 우일 집에 안 보내주요?"

정보과장은 인상을 구기며 목소리를 깔았다.

"이북에 가서 그쪽에다 남한의 정보를 제공하고, 그쪽하고
결탁한 사람이 있을 겁니다. 그 사람을 색출하겠다는 거요. 그
런 행위를 한 사람이 대체 누군지 사실대로 밝혀주시오."

정보과장의 말이 끝나자 심 씨는 영성호 선장을 떠올렸다.

"그런 사람이 누군지 말해불면 풀어 줄라요?"

정보과장은 빙긋이 웃었다.

"그렇소. 약속하겠소."

심 씨는 이적행위를 한 사람은 영성호 선장이라고 말했다. 영성호 선장이 이름을 알 수 없는 북한의 김동무와 박동무 그리고 전동무라는 놈들하고 쑥덕거리며 킥킥대고 선원들을 배신한 행위까지 정보과장에게 고했다. 심 씨는 숙소에서 같은 방을 썼던 선원들이 증언을 해줄 거라고 했다. 심 씨의 말대로 선원들은 증언을 했다. 영성호 선장은 마침내 감옥에 갇히고 말았다.

해남에서 이주해 십일 년 동안 '문갑도'에서 살았던 심 씨는 다시 문갑도로 왔다.

달포가 지났을까. 저녁이었다. 심 씨의 아내가 뜯지 않은 봉투 하나를 방바닥에 놓고 심 씨에게 들이밀었다. 봉투를 열었다. 삼십만 원이 들어있었다. 누가 건넨 돈인지는 알 수 없었다. 심 씨 아내는 어제 아침에 허우대가 멀쩡하고 차림새도 단정한 애 아빠의 친구라는 분이 왔다고 했다. 그분이 말하기를 오래전 애 아빠한테 빌렸던 돈인데 잘 썼다며 애 아빠에게 꼭 전달해 달라고 부탁했다는 것이다. 심 씨는 그만한 돈을 친구나 다른 사람에게 빌려준 적이 없었는지라 의아스러울 따름이어서 그 돈을 고스란히 장롱 속에 넣어두고 열이틀을 보냈다. 날이 갈수록 불안했다.

심 씨는 눈먼 돈을 들고 동네 어귀에 있는 예비군 동대로 갔다. 소대장이 집무실에 앉아 있었다. 심 씨는 내용을 알 수 없는 돈을 신원미상의 남자에게 받았다며 신고하러 왔다고 했다. 돈을 확인한 소대장은 자신도 어떻게 처리할 방도가 없으니 되가져가라고 했다. 하릴없이 돈을 집어 들고 집으로 왔다. 아내와 상의를 했다. 집안 살림이 말이 아닌지라 우선 그 돈을 쓰고 보자고 의견을 모았다. 그래서 쌀도 팔고 빚도 갚았다. 모두 쓰고 말았다.

찬주 할아버지는 "그 돈을 쓰지 말았어야 했는디…… 내가 이북에 잡혀 있어서 돈벌이를 못했응께, 돈이 없응께 깝깝해서 할 수 없이 쓴 바람에 썼는디. 나중에 알고 본께, 그 돈은 간첩이 몰래 와서 주고 간 거라고 안 하요"라고 말하며 한숨을 토해냈다.

찬주 할아버지는 숨을 고르며 이야기를 계속했다.

석 달쯤 흘렀을까. 심 씨에 대한 소문이 마을에 파다하게 퍼졌다. 심 씨 집에 간첩이 나타나서 돈을 주었고 그 돈으로 쌀을 팔아서 쌀독에 쌀을 그득그득 쟁여 두면서 배터지게 먹고 빚도 갚아서 형편이 쫙 폈다는 소문이었다. 예비군 소대장은 심 씨를 빨갱이로 몰았다. 소대장은 남파간첩이 집집마다 기웃거리며 호구조사를 하면서 주민들의 동태를 살피러 다닌다는 말도 했다.

그 바람에 경찰서로 끌려간 심 씨는 결백을 주장했다. 그러나 돌아오는 건 물고문과 전기고문 그리고 구타였다. 심 씨는 고문을 견디다 못해 거짓 자백을 하고 말았다.

방송과 신문에서는 심 씨가 피랍 당시 포섭되어 간첩교육과 특수 지령을 받고 귀환한 뒤 북한을 찬양고무하였을 뿐만 아니라 국가 기밀을 탐지하고 누설했다는 혐의로 징역 십오 년을 선고 받았다며 대서특필했다.

심 씨는 십오 년 동안 감옥살이를 마치고 다리를 절뚝거리며 감옥에서 나왔다. 심 씨의 아내는 심 씨가 출소하자 막막한 생계를 이어가느라 반쪽이 된 얼굴로 눈물을 떨어뜨리며 남편을 맞았다. 마을 사람들은 고문 후유증으로 다리를 저는 심 씨를 안쓰럽게 여기기는커녕 빨갱이 짓하다가 병신이 되었다고 수군대며 말 한 마디 걸지 않았다.

빨갱이로 낙인찍힌 심 씨는 더 이상 배를 탈 수 없었다. 아무도 그를 배에 태워주지 않았다.

찬주 할아버지의 이야기가 끝났다. 그의 눈엔 눈물이 고여 있었다. 찬주 할아버지가 카메라를 주시하며 말했다.

"육학년 중에 심찬주라는 손주가 있는디. 이 할애비 땜시 힘들었던 것 같애요. 학상 여러분! 진짜로 빨갱이는 누군 것 같애요? 이 할애비가 빨갱이 같소? 이 할애비가 들려준 이야기 속에도 숨어 있는 진짜 빨갱이들이 겁나게 안 많겠소?"

방송이 끝났다.

찬주는 할아버지 손을 잡고 방송실을 나왔다. 복도에는 육학년 아이들이 나와 있었다. 찬주네 반인 경서와 우찬이도 있었다. 찬주는 앞만 보고 걸었다. 찬주네 가족이 복도를 걸어가자 아이들이 뒷걸음질하며 길을 내주었다. 찬주의 귀에 속삭이는 소리가 들렸다.

—찬주네 가족이 가신다

—찬주 할아버지 가신다

—찬주 부모님도 가신다

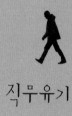

직무유기

하나뿐인 동생의 장례를 치르고 진도에서 출발한 차가 고속도로로 진입했다. 속력 때문에 불안을 느낀 탓인지 현기의 어깨에 기대어 있던 어머니가 고개를 들었다. 어머니 눈에는 눈물이 고여 있었다. 현기와 눈이 마주쳤다. 그 순간 어머니가 눈물을 떨어뜨렸다. 현기는 어머니 손을 잡았다. 어머니는 현기에게 무슨 말인가를 하려는 것 같았다. 현기는 애써 어머니 눈길을 피했다. 다시 어머니 얼굴을 보았을 때 어머니는 둘째 형과 셋째 형, 셋째 형의 형수에게 눈동자를 부지런히 굴리고 있었다. 어머니는 눈물을 그치지 않았다. 셋째 형의 차를 타기 전까지도 어머니는 소리 없이 눈물만 흘렸다. 그때 흘린 눈물은 막내를 앞서 보낸 슬픔과 노환 때문일 거라고 짐작했지만,

지금의 눈물은 남아 있는 자식들 때문일 거라는 생각이 들었다. 차 안은 소리가 없었다. 아무도 입을 열지 않았다. 침묵을 깬 건 어머니였다. 노래를 불렀다.

낙도옹 가앙 강바라라아아암에 치마폭을 스치이이이면 / 군인 간 오라아버어어어니이이이이 소오시이익이 오오오오 네에

…….

어머니는 연해 눈물을 쏟아내면서도 불렀다. 노래를 끝낸 어머니가 말했다.

"우리 집 감재."

어머니의 노래와 말이 끝나자 조수석에 앉아 있던 셋째 형수가 전방을 주시하며 말했다.

"넷째 삼촌이 모시고 가씨요."

현기에게 하는 소리였다. 이 길로 어머니를 모시고 가서 어머니 생명이 다할 때까지 모시라는 말이었다. 그 말에는 감정이 녹아 있었고 명령조였다. 셋째 형수는 현기에게 그런 말을 할 자격조차 없고 염치불고한 말이라고 생각되었지만, 일 년 전쯤에 큰형과 큰형수에게 호되게 당한 것과 큰형 집안에 동

218

조한 무리들에 대한 억하심정을 현기에게 대신 쏟아버려야 분이 풀릴지도 모른다는 짐작 때문에 흘려듣고 말았다. 입술도 열지 않았다.

'넷째 삼촌이 모셔라?'

셋째 형수 발언을 시동생 장례 때문에 진도에 내려갔다가 지금쯤이면 집에 도착해 있을지도 모를 현기의 아내가 들었다면 "입 다물고 조용히 있어도 용서할까 말깐데 뭘 잘했다고 명령이야, 명령이"라며 길길이 날뛰고 한바탕 소동을 벌였을지도 모를 일이었다. 그렇지만 현기와 그의 아내는 셋째 형수 말에 대고 대거리를 놓을 처지가 아니었다. 현기와 그의 아내를 제외한 그들 모두가 어머니를 번갈아 모셨기 때문이다. 처음에는 큰형과 큰형수가 고향 진도에서, 그다음은 둘째 형이 인천 병방동에서, 이어서 셋째 형과 셋째 형수가 간석에서, 다시 진도의 큰형이 모셨다. 현기는 그러한 순환구조에서 벗어나 있었고 바통을 이어받지 않았다.

인천에 당도하기 전 어머니의 목적지가 정해져야 한다. 현기가 사는 임학동이냐 셋째 형의 간석동이냐 둘째 형이 거주하는 병방동이냐를 세 시간 이내에 결정해야 한다. 운전대를 잡은 셋째 형은 인천을 향해 속력을 가한다. 어머니를 둘러싼 지난 일들이 현기의 머리 위로 차올랐다.

큰형과 함께 진도에 계시던 현기 어머니는 육십육 세가 되던 해에 남편과 사별하고 옷가지가 든 보따리만 머리에 이고 달동네인 행촌동으로 왔다. 제대 후 직장을 잡은 현기의 뒤치다꺼리를 하려고 서울로 온 것이다. 부엌도 거실도 없는 단칸방에서 어머니는 현기와 지역신문사에 다니는 남동생과 함께 사글세를 내며 살았다.

서울로 온 지 두 달째 접어들 무렵 현기 어머니는 주인집 여자의 소개로 근동인 무악동에 파출부로 나가게 되었다며 즐거워했다. 소규모 공장을 운영하는 사장 집의 파출부였다. 그러나 어머니는 그 집에서 사흘도 버티지 못하고 쫓겨나고 말았다. 음식도 맛깔스럽게 만들지 못한 데다 다리미질을 하다가 주인아저씨의 흰 와이셔츠를 검게 태워 버린 탓이었다. 그로부터 며칠 후, 어머니는 어머니 적성에 맞는 일자리를 구했다. 밭일이었다. 밭주인의 트럭으로 출퇴근하면서 홍제동에 있는 밭에서 일했다. 밭을 일구고 상추씨를 뿌리며 김을 매고 거둬들이는 일이었다. 행촌동에서 동생과 어머니, 이렇게 세 식구가 함께 이 년가량 살았다. 그런 후, 인천의 임학동으로 이사를 했다. 그쪽으로 간 이유는 계산역 근처의 아파트에 살고 있는 사촌누나의 제의 때문이었다.

사촌누나가 거주하는 아파트의 길 저편에 이십 평가량 되는 신축빌라가 있는데 대출은 끼었지만 입주금은 부담이 없고, 도시가스로 난방도 잘 되고, 방도 용도에 따라 세 개로 사용할 수 있으며 거실과 화장실, 싱크대니 뭐니 갖출 건 다 갖춘 집이 나왔다고 했다. 행촌동에 비하면 그 집은 경복궁이었다. 입주금을 마련해 입주를 했다. 현기가 마련한 입주금이 동생이 보탠 돈보다 두 배는 족히 되었다. 그런 탓에 소유자 등기를 현기 이름으로 했다. 그곳에서 어머니와 현기, 동생이 함께 살았다. 그들은 어머니를 모시고 살았고, 어머니는 그들을 돌보며 살았다. 이곳에서도 그의 어머니는 인근의 박촌동으로 들일을 나갔다. 그렇게 이 년 넘도록 살았다. 삼 년이 다가올 무렵 현기네 집은 두 사람이 더 불어났다. 둘째 형이 세 살 된 아들을 데리고 왔다. 이슥한 밤에 느닷없이 초인종을 누른 형은 눈물을 흘리며 안방으로 들어왔고 대뜸 어머니 집에서 함께 살아야겠다고 말하며 보름 전 아내가 집을 나갔는데 들어오지 않고 있다는 둥 여러 말을 덧붙였다. 인근에서 사글세로 살고 있던 형은 보증금도 날려버리고 생활비도 바닥이 나 저녁도 굶고 차비도 없이 세 살 된 아들의 손을 잡고 여섯 정거장을 걸어서 현기가 사는 집으로 왔다고 했다. 그들은 둘째 형과 조카를 조건 없이 받아들였다.

현기 어머니는 손자의 어머니가 되어 둘째 형의 아들을 키웠다. 둘째 형은 자유분방했다. 시사주간지 확장요원이라는 그럴 듯한 타이틀을 가지고 있었지만 일주일 중 하루나 이틀만 출근하며 세월을 죽치고 보내는 일이 다반사였다. 그런 생활을 형은 낙으로 삼았다. 둘째 형수가 미련 없이 떠난 이유를 짐작케 하는 형의 일상이었다. 그들은 그렇게 삼천 번 가까이 낮밤을 보내며 살았다.

인천 250킬로미터. 도로를 구르는 차바퀴가 인천행의 거리를 좁히며 쏭쏭거리는 소리를 냈다. 둘째 형은 현기를 힐끔거릴 뿐이었다. 둘째 형의 과거가 또 스멀거리며 밀려왔다.

둘째 형의 아들이 초등학교 사학년이 되던 해였다. 어머니와 동생, 둘째 형 그리고 그의 아들은 현기와 함께 살았던 빌라를 떠났다. 현기가 어머니와 그들을 모두 집밖으로 내보내 버렸다. 둘째 형의 표현을 빌리자면 어머니 쫓아낸 놈이 되고 말았다. 그랬다. 그는 어머니 손에 땡전 한 푼 쥐여주지 않고 어머니를 쫓아냈다. 이유인즉 자신의 결혼 때문이었다. 다달이 주택대출금 이자와 일 년에 한 번씩 도래하는 대출금 분할 상환에 시달린 탓에 돈 한 푼 저축하지 못한 현기는 가족 모두를 빈손으로 내보냈다.

막내 동생은 옛날에 살았던 서울 행촌동의 달동네로 갔고, 어머니와 둘째 형 그리고 조카는 현기가 사는 건너편의 다세대주택으로 이사를 했다. 어머니는 보증금 오백에 반지하 단칸 사글세방을 얻었다. 보증금은 어머니가 해결했다. 채소밭의 거름냄새와 흙냄새, 상추와 땀과 더위 먹은 냄새가 밴 돈이었다. 가족을 내보낸 현기는 어머니가 쓰던 안방에 새색시를 앉혀놓고 살림을 차렸다.

현기의 집에서 어머니가 떠난 이후 어머니가 둘째 형을 모신 것인지 그 형이 어머니를 모신 것인지는 알 수 없었지만 어머니 말에 의하면 둘째 형은 현기와 함께 있었던 날보다 딱 하루만 더 일터에 나가는 시늉을 낸다고 했다. 그러구러 반지하에서 오 년을 거뜬히 넘긴 둘째 형은 한 여자를 물어서 어머니와 함께 인근의 빌라로 이사를 했고 혼인신고를 하지 않은 채 이 년을 더 살다가 아파트를 얻었다. 아파트 역시 월세였지만 고령의 부모를 부양하고 산다는 점과 혼인신고를 하지 않았으므로 아내가 없는 결손 가정이라는 점, 자식이 아직 학생이라는 점 등 일정한 자격요건을 갖춘 덕에 정부지원을 받아 번듯한 집으로 이사를 한 것이다. 그러나 둘째 형의 여자는 그 집으로 가지 않았다. 갈라서고 말았다.

그즈음에 어머니는 치매를 앓기 시작했다. 아파트에서 외출한 어머니는 아파트로 돌아오지 않았다. 전에 살던 빌라로 가서 여기는 우리 집인데 왜 함부로 들어와서 살고 있느냐고 주인더러 썩 나가라며 소리를 꽥꽥 질러댔다. 결국 현기 어머니는 경찰지구대로 끌려갔고 둘째 형은 지구대에서 어머니를 모셔왔다. 한 발짝만 벗어나도 어머니는 어머니가 사는 아파트를 찾지 못하곤 했다. 집안 살림을 챙기는 어머니 역할의 유효기간이 끝나버린 셈이나 다름없었다. 그때부터 둘째 형은 형제들에게 역정을 냈고 어머니를 모시고 사는 당당한 부양자가 되었다.

속도계가 평균 120킬로미터를 가리켰다. 이 속도를 유지한다면 인천까지 한 시간가량 남아 있다. 소리 없이 흐르는 시간이 더해질수록 차 안은 싸늘한 침묵만이 흘렀다. 출발지인 진도에서부터 지금까지 현기는 한 마디도 내뱉지 않았다. 어머니는 현기의 어깨에 기대어 눈물 어린 눈을 감았다. 현기의 눈동자가 셋째 형수에게 향했다.

둘째 형은 어머니를 셋째 형에게 인계했다. 둘째 형의 행실을 보다 못한 셋째 형과 형수가 어머니를 모시고 간석동으로 갔다. 전자부품을 제조하는 회사에서 생산직으로 일하고 있는 셋째 형은 간석역 인근의 빌라에서 살았고 그 집으로 어머니를 모셔갔다. 방은 세 개였지만 큰 방은 부부가 살았고 좀 작은 방은 장성한 아들 둘이 차지했다. 더 작은 방은 미닫이문을 없애서 부엌 겸 거실로 썼다. 거실에 딸린 방은 쌀자루나 라면박스, 부서진 가구를 쟁여놓은 창고나 다름없었다. 어머니는 그 방으로 들어갔고 그 방에서 살았다. 큰방은 얼씬도 하지 못했다. 셋째 형수는 큰방으로 어머니를 들여보내지 않았다. 어머니는 거실에서 큰방을 기웃거리며 큰방에 놓인 텔레비전을 보았다. 시청이 끝나면 어머니는 자신의 방으로 가곤했다. 어머니가 잠깐이라도 큰방의 문지방을 넘어설 때는 셋째 형이 퇴근해서 잠자리에 들기 이전까지였다. 그때마다 형수는 어머니에게 눈총을 쏘았다고 아버지 기일 때 어머니는 현기에게 귀띔을 했다. 아버지 제삿날, 어머니는 아버지에게 술을 따르며 "나 좀 제발 죽게 해 주씨요"라고 울먹이며 빌었다. 아버지 영정사진을 쓰다듬으며 "며느리들한테 밥 한 숟갈 못 얻어먹는 팔자, 내 팔자야" 하고 푸념을 늘어놓았다.

현기 어머니가 셋째 형 집에 머문 지 열 달쯤 되었을까. 아버지 기일 후 달포가 지났을 때였다. 셋째 형수에게서 전화가 왔다. 어머니가 식사도 못하시고 몸을 가누지 못하며 정신을 놓아서 우정병원에 입원했는데 시간 나면 좀 들여다보라고 했다. 그 말만 했고, 현기는 그 소리만 들었다. 현기는 병원으로 갔다. 진도에 있는 큰형수가 입원실에 와 있었다. 간호사도 있었다. 어머니는 눈을 껌뻑거리며 누워 있었고, 두 손은 병상

226

지지대에 흰 천으로 묶여 있었다. 큰형수는 묶인 손을 당장 풀
어놓으라며 간호사에게 명령조로 말했다. 간호사는 보호자의
요청이 있었다고 말했다. 보호자는 셋째 형수를 두고 하는 말
이었다. 그 형수는 보이지 않았다. 간호사가 끈을 풀었다. 끈
이 풀리자 어머니는 온몸을 긁어댔다. 큰형수가 냉장고 문을
열었다. 죽이 대여섯 통 들어 있었다. 죽을 꺼냈다. 죽을 스푼
에 떠서 어머니 입술로 가져갔다. 어머니는 입을 벌리며 죽을
목안으로 흘려보냈다. 몇 스푼의 죽을 삼키고 난 어머니가 큰
형수의 얼굴을 빤히 쳐다보았다.

"누구요?"

"어머니, 저예요. 큰며느리."

"큰며느리가 누구까?"

큰형수는 멀뚱한 눈으로 현기를 보았다. 현기는 어머니에게
바싹 다가갔다.

"어머니, 저는 누군지 아시죠?"

"누구까?"

"넷째 아들 몰라요?"

"몰라, 나는."

현기도 큰형수를 쳐다보았다. 며느리도 몰라보고 누구의 자식인지도 모르는 어머니가 마치 후레자식들 왜 이제 왔느냐고 야단을 치겠다는 의도일 거라고 잠깐 동안 맘을 먹었지만 평소의 어머니 성향과는 거리가 먼, 보통 심각한 증세가 아닌 것만은 분명해보였다. 큰형수는 어머니 팔뚝을 만지작거리며 머리를 가로저었다. 병실 밖에서 셋째 형수 목소리가 들리는가 싶더니 병실로 들어왔다.

"왔소?"

큰형수에게 하는 말이었다. 큰형수의 답례는 매몰찼다. 눈에 힘을 주며 셋째 형수를 쏘아보더니 냉장고에 있는 죽통을 모조리 꺼내서 바닥에 늘어놓았다.

"죽을 왜 여기에 처박아둔 거야?"

"안 먹는다고 해서 처박어 놨재."

"잘 드시는데 뭘 안 먹는다는 거야?"

"그럼, 당신네 집으로 모시고 가서 먹이든가?"

셋째 형수는 도전적이었다. 큰형수가 씩씩거렸다.

"힘없는 노인네를 병상에 묶어놓지를 않나. 그리고 이게 뭐야?"

큰형수는 어머니 팔뚝을 걷어 올렸다. 팔뚝에 시퍼런 멍이 두 군데나 있었다.

"노인 학대까지…… 이게 제대로 모시는 거야?"

셋째 형수는 휴대전화를 꺼내며 어디론가 전화를 했다.

"큰형님이라는 사람이 나를 혼내요. 말 좀 해주씨요."

셋째 형수는 큰형수에게 전화를 바꿨다.

"누군데 전화를 바꾸나?"

"뼈다귀 해장국집이요."

큰형수가 전화를 받았다. 저편의 말이 수화기에서 삐져나왔다.

"당신이 무슨 자격으로 호통이야. 호통이!"

그러자 큰형수가 대거리를 했다.

"당신이야 말로 무슨 자격으로 함부로 지껄이는 거야. 당신이 철모르는 여자 데려다가 노예처럼 일만 시키고 월급을 제대로 챙겨주기를 해, 뭘 해! 당신이 어머니 학대하고 끼니도 거르고, 병실에다 노인네 묶어놓고 일하러 오라고 시켰지? 이제 보니 이것들이 한통속이네. 당장 병원으로 와! 노인학대죄로 모두 처넣어버릴 거니까."

전화가 끊어졌다. 저쪽에서 끊어버렸다. 큰형수는 셋째 형수를 노려보았다. 그간에 있었던 일들을 따지려는 눈빛이었다.

셋째 형수는 셋째 형의 후처였다. 셋째 형의 두 아들이 초등학교를 다니고 있을 때 그들의 친어머니는 음식점에서 서빙을 하다가 손님과 눈이 맞아서 집을 나갔고 돌아오지 않았다.

셋째 형은 회사에 다니면서 아이들 뒷바라지를 제대로 할 수 없었다. 후처를 알아보던 중 고향에 살고 있는 먼 친척뻘 되는 사람이 여자를 소개해주었다. 섬에서 다시마 양식을 도와주고 있는데 밥은 양식장에서 먹지만, 붙임성 덕분에 이씨 집, 마씨 집, 정씨 집 등 과부집을 전전하며 잠을 자는 자유분방한 여잔데 심성이 순수하다고 했다.

셋째 형은 딱한 사정은 너나나나 같다며 그 여자를 당장 인천으로 올려 보내달라고 했다. 여자가 빈 몸으로 왔다. 셋째 형은 그 여자를 받아들였다. 현기에게는 셋째 형수가 되었다. 셋째 형수는 아이들에게 끼니를 챙겨주었고 빨래도 해주었다. 남편 뒷바라지도 했다. 그러면서 소일거리로 집 근처의 뼈다귀 해장국집을 다녔다. 손님이 한가할 시간엔 가게의 룸에서 고스톱을 즐기거나 술도 가끔 마셨다. 그러면서 해장국집

주인여자에게 부림을 당했다. 아침 아홉 시 출근에 밤 아홉 시 퇴근이었다. 일의 대가는 퇴근한 형의 저녁거리와 아이들 밥을 식당에서 챙겨 먹이거나 싸오는 정도였다. 셋째 형수는 집안 사정을 여주인에게 스스럼없이 일러바쳤다. 그러다 셋째 형수가 어머니를 모시게 되었다. 그러나 형수는 어머니 식사를 제때 챙기지 않았다. 밥은 일주일에 두 번 정도 했다. 밥솥에 밥이 바닥 나면 해장국집 밥통에서 밥을 덜어와 어머니에게 먹였다.

어느 날 늦은 오후, 둘째 형의 아들이 할머니 안부를 물으러 그 집에 들렀을 때 불편한 몸으로 어머니가 계단에 엉덩이를 대고 미끄럼 타며 내려오는 모습을 보았다고 했다. 어머니는 밥통에 밥이 없고 점심을 챙겨주지 않아서 밥을 얻어먹으려고 해장국집으로 가는 중이었다고. 그때도 어머니 팔뚝에는 붉은 상처가 있었다고 했다.

셋째 형수를 한동안 노려보던 큰형수는 셋째 형수에게 그만 집으로 들어가라고 했다. 이제부터 자신이 어머니를 모시겠다고 말했다. 진도에 있는 병원으로 어머니를 이송하겠다며 병원비를 치르고 구급차를 불렀다. 셋째 형수는 병수발을 하겠다고 진도로 향하는 구급차에 무작정 올랐다. 구급차가 진도에 있는 병원에 도착하자 큰형이 병원에서 대기하고 있었다. 구급차에서 어머니를 인계받은 큰형은 오밤중에 셋째 형수를 인천으로 돌려보냈다.

치매로 큰아들 이름도 모르고 당신이 어디에 있는지도 모르는 어머니를 큰형은 진도에 있는 집에서 일 년가량을 모시면서 살았다. 그로부터 석 달쯤 되었을까. 사람들이 큰형의 집으로 몰려왔다. 일가친척이며 사돈네와 친한 친구들, 형제들의 친구들, 형제들의 직장 동료들까지 왔다. 지역신문사에서 근무하던 막내 동생이 위암으로 죽었기 때문이다. 죽으면 고향에 묻어달라는 유언에 따라 큰형 집에서 장례를 치렀다.

장례절차가 끝나고 형제들이 큰형의 집을 떠나려 하자 큰형은 지금 인천으로 올라가는 길에 어머니를 모셔가라고 했다. 돌볼 사람도 끼니를 챙겨 줄 사람도 없고 큰형수는 장모님이 병환 중이어서 간병하러 서울에 가야 할 절박한 사정에 놓여 있다는 말도 했다. 형제들은 서로의 얼굴만 쳐다볼 뿐이었다. 큰형은 누가 어머니를 모실 것이며, 서로 어떻게 도움을 줄 것인지, 올라가면서 방법을 모색하라며 어머니 가방을 형제들에게 건넸다. 어머니는 결국 형제들과 함께 셋째 형의 차에 올랐다.

어머니를 실은 셋째 형의 차가 인천행 고속도로 마지막 톨게이트인 군자톨게이트를 빠져 나왔지만 그때까지도 어머니가 향할 보금자리는 정해지지 않았다. 여태껏 운전에만 몰두하며 말을 아끼던 셋째 형이 입을 열었다.

"빨리 결정해야지, 인천 다가오는데."

현기와 둘째 형 셋째 형수는 서로의 눈길만 피할 뿐이었다.

셋째 형은 비상등을 켜며 차를 갓길에 댔다. 전방 오십 미터가 나들목이었다. 셋째 형 집으로 가는 남동방향과 둘째형과 현기의 집으로 가는 계양구 방향이 갈리는 지점을 목전에 두고 차를 세웠다.

군인 간 오라아버어어어니이이이이 소오시이익이 오오오오네에…….

어머니가 또 노래를 불렀다.

"어쩔라요?"

셋째 형수가 또 재촉을 했다. 셋째 형수는 학대자로 찍히긴

했지만 얼마 전까지 어머니를 모시긴 모셨고, 그쪽으로 어머니의 행선지가 정해진다면 과거보다 더한 학대가 자행될지도 모르는 일이었다. 둘째 형은 머리를 추스르고 이마를 문지르며 말했다.

"나도 어머니를 어째야 될지 모르겠다."

"계양 방면으로 갑시다."

현기가 말했다. 여태껏 인상을 구기고 있던 모두는 현기의 말이 끝나자 창밖을 보거나 그들끼리 눈을 맞추며 표정 관리를 하느라 애를 썼다. 차가 외곽순환도로에 올라탔고 계양 나들목을 향해 달렸다. 차는 현기의 집에서 가까운 계산역 근처에서 적색신호를 받으며 멈추었다.

"너희 집으로 가면 되지?"

둘째 형이 현기에게 물었다.

"아니오."

현기는 계산역에서 차를 세우라고 했다. 차가 멈추자 현기는 커피숍을 가리키며 말했다.

"저기서 커피 한 잔 마시면서 얘기 좀 하죠."

어머니까지 모두 내렸다. 현기는 어머니를 부축하며 커피숍으로 들어갔다. 현기는 탁자 위에 커피를 올려놓고 말했다.

"내가 어머닐 모시려고 여기로 오자고 한 건 아니었습니다. 고속도로 갓길에서는 결론을 내릴 수 없을 것 같아서였어요. 여기서 차분히 애기 나누죠."

현기의 말이 끝나자 어머니를 뺀 나머지 사람들은 멀뚱한 눈으로 그를 보면서 얼굴을 일그러뜨렸다.

"지난번에 내가 모셨을 때 니네 형수가 학대니 굶기니 그런 말도 들었고 우리 집에서는 이제 모실 수 없을 거 같다."

셋째 형의 말이었다. 둘째 형도 나섰다.

"이제 니 차롄 것 같다. 결혼하고 모신 적이 없었잖아? 그래서 니가 좀 모셔 갔으면 좋겠다."

현기는 듣기만 했다. 시간이 흘렀지만 그럴싸한 근거를 들이대며 자기주장들만 쏟아냈고 어머니에 대한 향방은 묘연할 뿐이었다.

"어머니를 두고 가세요."

현기가 말했다. 그러자 모두 그의 등을 두드리거나 손을 잡고 고맙다는 말을 쏟아내며 안도의 한숨들을 토해냈다. 현기는 머리를 흔들었다. 어머니를 곁에 두고 모두 떠나보냈다.

현기는 어머니 한쪽 팔을 붙들고 그가 사는 집으로 걸음을 옮겼다. 횡단보도를 지나 인천안산초등학교 후원의 담장이 난 좁은 골목길을 걸었다. 가로등이 없었다. 어두웠다. 도시에 살면서 모자지간에 어둠이 내린 도시의 길을 따라 같은 방향을 향해 걸어 본적이 없었다. 문득, 부산의 중학생 시절이 떠올랐다. 야간 중학교를 다닐 때였다. 밤 열 시쯤이었을까. 학교를 파하고 귀가하던 중이었다. 토성동에 있는 토성초등학교 뒷길로 접어들었다. 가로등이 없었다. 어두웠다. 검은 골목으로 들어서자 누군가가 어느 집의 대문을 기웃거리고 있었다. 다름 아닌 당일 오전에 본 어머니였다. 부산에 있는 현기가 어떻게 사는지 궁금해 진도에서 삼 년 만에 올라온 어머니는 약국집에 들러서 현기의 근황을 잠깐 살피고 토성동에 있는 육촌 누님에게 갔다. 숙박 때문이었다. 현기가 머물고 있는 약국집에서는 하룻밤을 보낼 수 없어서 육촌 누님 댁으로 가셨던 어머니와 오밤중에 조우한 것이다. 어머니는 구멍가게에 들렀다 오는 길인데 집을 찾지 못해 이집 저집 기웃거리며 밤길을 헤매는 중이었다. 현기는 육촌 누님 댁에 어머니를 모셔드리고 약국집을 향해 걸음을 옮겼다.

현기와 현기 어머니는 인천안산초등학교의 골목길을 벗어나고 있었다. 현기는 어머니 팔을 잡고 부산 시절을 되뇌며 말했다.

"어머니, 부산에서 제가 중학교 다닐 때 기억하시죠. 어머니가 어둠 속에서 육촌 누나 집을 찾지 못하고 계셨을 때요."

"뭐, 부산?"

"그때 제가 어머니를 육촌 누나 집에 모셔드리고 약국집으로 가면서 얼마나 울었는지 모르시죠? 가난 때문에, 남의 집 심부름을 하면서 번 돈으로 밤에 학교를 다닌 탓에 어머니 품에서 하룻밤도 포근하게 보내지 못하고, 용돈 한 푼 받지 못하고, 어머니가 지어 준 따뜻한 밥 한 끼 먹지 못하다니. 그런 생각하면서 울었어요."

어머니는 걸음을 멈추고 놀란 눈으로 현기를 보며 말했다.

"울어?"

"그래요, 어머니. 어머니도 저에게 가끔 말씀하셨죠. '나는 그때 너를 보내고 나서 가슴이 어쩌구나 미어졌는지…… 얼마나 울었던지…… 그때만 생각하면 지금도……' 그러셨죠?"

"허허, 허허허……."

어머니는 웃음만 흘렸다. 임학공원 쪽으로 걸었다. 현기네 집이 가까워지고 있었다. 출입문 앞에 선 현기는 초인종을 누르려다가 말고 계단 아래로 내려가서 어머니와 함께 화단에 앉았다. 일그러진 아내 얼굴이 떠올랐기 때문이다.

'도대체 생각이 있는 사람이야 없는 사람이야! 어머니를 모시자고? 베란다로 모실까? 화장실이 좋을까? 모실 생각이면 방이 많든지 돈이 많든지. 형편이나 피면 맞벌이도 때려치우고 모신다지만, 이건 아니잖아! 어머닐 집에 가둬놓고 다닐 수도 없는 노릇이고. 정말 지금 미친 거 아냐?'

아내의 격한 목소리가 들리는 듯했다.

현기는 어머니와 함께 오던 길로 되돌아 걸었다. 계산역 근처 삼거리 쪽으로 걸음을 옮겼다. 어둠이 내리고 있었다. 철물점에서 끈을 사들고 나왔다. 부평 방향으로 걸었다. 사회복지관 건물이 눈에 들어왔다. 교회에서 운영하는 복지관이었다. 현기는 전부터 이곳에 복지관이 있다는 사실을 알고 있었다. 어머니와 함께 복지관으로 들어갔다. 현관에 들어서자 귀퉁이에 '베이비박스'라는 글귀가 눈에 들어왔다. 베이비박스를 열어보았다. 아기는 들어있지 않았다. 베이비박스 앞에 어머니를 앉혔다. 현기는 윗옷을 벗었다. 벗은 옷을 어머니에게 입혔다.

"어머니, 따뜻하죠?"

"누구요?"

"넷째 아들입니다."

"여기가 어디요?"

"좋은 곳이에요."

현기는 철물점에서 구입한 끈을 어머니 손목에 묶었다.

"어머니, 여기 계시면 좋은 사람이 어머니를 모시러 올 거예요."

손목에 묶은 끈의 끄트머리를 기둥에 묶고 문밖으로 나갔다. 계단에서 전단지 한 장을 주위왔다. 전단지에 글을 썼다.

'우리 어머니를 부탁합니다.'

전단지를 베이비박스에 끼웠다. 그러고 나서 어머니에게 가까이 다가갔다.

"어머니 조금만 기다리세요."

어머니가 말했다.

"집에 가자."

"어머니 용서하세요."

현기는 어머니를 기둥에 묶어두고 사회복지관을 나왔다. 등 뒤에서 어머니 노랫소리가 울렸다.

군인 간 오라아버어어어니이이이이 소오시이익이 오오오 오네에

늙으신 부모님을 내에가아아 모오시이고 …….

집을 향해 발걸음을 옮겼다. 그러면서 중얼거렸다.

"이제 어머니 말씀대로 해드렸습니다. 평소에 당신께서 말 씀하셨죠, '나중에 내가 아프기라도 하면 요양원에는 절대 보 내지 마라'고. 그리고 어머니, 저는 어머니에게 진 빚이 없습 니다. 결혼 전에는 나도 어느 형제들 못지않게 오랫동안 어머 니를 모시며 살았습니다. 어머니는 저에게 죄를 지셨습니다. 어릴 적 오백 리가 넘는 멀고 먼 부산에 돈 한 푼 쥐여주지 않 으시고 저를 버리셨지요. 자식을 유기하고 부모로서 직무를 유기한 그 죗값을 지금 받으세요."

현기는 어둠이 짙은 인천안산초등학교의 뒷길을 따라 집으 로 왔다.

뜬눈으로 하룻밤을 보냈다. 날이 밝자 현기는 교회의 사회복지관 베이비박스가 있는 곳으로 갔다. 어머니는 없었다. 어머니를 묶었던 끈도 끄나풀도 보이지 않았다. 박스에 꽂아 둔 전단지도 없었다. 밖으로 나왔다. 걸었다. 생각하며 걸었다.

복지관에서 모시고 간 걸까. 실종되었을까.

현기는 계산역과 롯데마트를 지나 계양경찰서로 향했다. 경찰서로 들어갔다. '조사계'로 갔다. 조 씨 성의 팻말이 새겨진 명패 앞에 앉았다. 조사관이 말했다.

"조 형사입니다. 손님, 무슨 일로 오셨습니까?

"그게, 저……."

조 형사는 눈을 둥그렇게 떴다.

"어떤 사건인가요?"

"어머니가……."

"예, 어머니가요? 신분증 좀 봅시다."

신분증을 조 형사에게 건넸다. 컴퓨터 자판을 두드리던 조 형사는 머리를 갸우뚱거렸다.

"말씀하세요. 어머니가 어떻게 되셨나요?"

"어머니를……."

"말씀하세요. 어머니를 어떻게 하셨나요?"

"예, 자수하러 왔습니다. 제가 어머니를 버렸습니다."

조 형사는 언제 어디서 어떻게 왜 그랬느냐며 육하원칙에 따라 진술하도록 했다. 현기는 사실대로 진술했다. 오늘 교회 복지관에 갔더니 어머니가 안 계시더라는 사실도 알렸다. 조 형사는 어머니에게 그럴 수 있느냐며 호통을 쳤다.

"그래요. 그러면 안 되는 거죠? 내가 어머니를 버렸어요. 어머니를 유기한 죗값을 치르려고 왔어요. 제가 도망칠지도 모르니까 제 손에 수갑을 채워주세요. 저기 있는 유치장에 가둬서 피가 터지도록 실컷 좀 때려주세요. 교도소로 보내주시든가 아니면 수갑을 채워서 길가에 버려주세요."

"그런 걸 뉘우칠 줄 아는 사람이 그런 짓을 해요?"

조 형사가 동료 경찰을 바라보았다.

"계장님, 이 사건 어떻게 처리할까요?"

계장이 말했다.

"손님!"

현기를 부르는 소리였다. 현기가 그에게 머리를 돌렸다.

"어머닐 버려요?"

현기는 머리를 숙였다.

"조 형사, 우선 저분 체포하고 교회 복지관으로 가서 어머니 수소문한 다음에 생각해보자고."

조 형사와 김 씨 성을 가진 형사와 함께 경찰차를 타고 교회 복지관 베이비박스가 있는 곳으로 갔다. 아무도 없었다. 밖으로 나갔다. 옆쪽에 '나눔의 집'이라는 간판이 보였다. 안으로 들어갔다. 옷가게처럼 옷이 진열되어 있었고 중년여성 둘이 앉아 있었다. 현기가 사복경찰들과 함께 들어서자 그들은 토끼눈으로 현기를 바라보았다. 조 형사가 신분증을 꺼내며 말했다.

"경찰입니다. 베이비박스에 할머니 한 분 계셨을 텐데, 혹시 못 보셨나요?"

"아, 그 할머니 때문에 목사님하고 장로님하고 집사님들이 와서 난리 났어요. 세상에 그런 일은 첨이라고."

"할머니 지금 어디계세요?"

"이 층 방에 계실 거예요."

방에 있다고 대답한 여자가 이 층 방으로 안내했다. 안내한 여자가 노크를 했다.

"양 집사님, 나눔의 집 윤 집사예요"

문이 열렸다. 오십 대 중반으로 보이는 여자가 현기와 일행들을 멀거니 바라보았다.

"형사 분들이 할머니를 찾으러 오셨다는데."

조 형사가 물었다.

"양 집사님이신가요?"

"예, 들어오세요."

현기와 일행이 방으로 들어갔다. 어머니는 눈을 감고 누워 있었다. 인기척을 느낀 탓인지 일행이 방으로 들어가자 눈을 떴다. 현기는 어머니의 오른쪽 팔목을 보았다. 팔목은 온통 피멍으로 얼룩져 있었다. 어제 그가 끈으로 묶었던 자국이 분명해 보였다. 어머니는 수갑을 찬 현기의 팔을 올려다보며 말했다.

"누구요?"

현기는 대답하지 않았다. 양 집사가 혼잣말을 했다.

"부모를 버리다니, 지옥 불에 떨어질 것들. 쯧쯧쯧."

양 집사는 현기에게 곁눈질을 해대며 조 형사에게 물었다.

"그럼 이분이······."

조 형사는 어머니에게 턱짓을 했고 양 집사는 머리를 끄덕이며 현기를 노려보았다. 현기는 양 집사의 눈을 피했다. 양 집사가 그를 향해 목소리를 높였다.

"노인네, 죽을 뻔했어. 아침에 왔더니 노인네가 기절했는지 맨바닥에 눈을 감고 벌러덩 누워 있어서 얼마나 놀랬는지. 목사님하고 장로님하고 집사님들 막 불러가지고 이 층으로 모셔다가 주무르고 해서 겨우 깨어나셨어요. 막 깨어나시더니 '낙동강 강바람에'를 구슬프게 부르시면서 '우리 집 감재'라는 말만 되풀이 했어요."

양 집사는 침을 꿀꺽 삼키며 조 형사에게 물었다.

"형사님, 부모를 버리면 죗값이 몇 년인가요?"

"징역은 삼 년입니다."

"감옥에서 삼 년 살고, 나오면 평생토록 죄인으로 살고, 죽어서도 지옥살이……."

조 형사보다 형량을 대폭 늘린 양 집사 목소리가 억세게 울렸다. 조 형사가 양 집사에게 물었다.

"노인네를 어떻게 하면 좋겠습니까?"

양 집사 눈이 현기를 향했다.

"담임목사님 오셔야 알겠지만, 사지 멀쩡한 자식이 있는데 자식한테 보내야지요."

"그래야겠지요?"

조 형사도 현기를 응시했다. 현기는 어머니에게 다가갔다. 무릎을 꿇었다.

"어머니 우리 집 감재, 그 고구마 먹으러 가요. 다시 고향으로 가요. 거기서 노도 젓고 삿대도 젓고 함께 살아요."

어머니 손이 현기의 무릎에 닿았다.

"우리 집 감재?"

말을 끝낸 어머니가 노래를 불렀다.

낙동강 강바람에 치마폭을 스치면

늙으신 부모님을 내가 모시고

에헤야 데헤야 노를 저어라 삿대를 저어라.

일상의 윤리와 민중의 정치학

김유석(문학평론가)

이상실 작가의 『콜트스트링의 겨울』은 각박한 일상을 살아가는 사람들의 애환과 고통 그리고 희망과 위안을 담았다. 이 작품집을 관통하는 분위기는 따스함이다. 주동 인물들이 결국 생을 긍정하고 사랑에 이르기 때문이다.

세월호 참사, 수구와 진보가 대립하는 정치 상황, 해고노동자의 복직 투쟁, 납북 가족의 누명 등 우리 사회의 묵직하고 민감한 문제도 거침없이 그려냈다. 독재정권에서처럼 뚜렷한 적이 사라진 지금, 피아彼我를 구분하여 적을 설정하는 일이 무모하고 거칠게 보일 수 있다. 그러나 우리는 세월호 참사에서 국민의 생존권을 도외시한 채 온갖 방법을 동원해 자신의 안위만 걱정한 정권을 지켜보았다. 친일파 청산이 제대로 되지 않아 친일을 기반으로 한 정당이 버젓이 공당으로 행세하는 현실도 목도했다 직장에서 부당하게 해고당한 채 당장 내일을 계획하지 못하고 남몰래 죽어가는 노동자들이 주변에 있다. 작가는 확고한 민중 의식과 의기義氣를 바탕으로 '복잡 미묘'한 현실의 본질을 투명하게 묘파했다.

1. 일상에서 실천하는 윤리

작가는 일상에서 겪을 법한 갈등 상황에서 어떤 윤리적 선택을 할 수 있을지를 작품 곳곳에 담았다. 먼저 「직무유기」를 보자. 현기는 네 형제 중 막내로 치매에 걸린 어머니를 누가 모시느냐를 두고 형제들과 미묘한 신경전 끝에 어머니를 자신의 집에 데려가기로 한다. 그는 고향 진도를 떠나 부산의 약국에서 돈을 벌며 야간 중학을 다녔다. 그 시절 어머니의 사랑에 목말랐지만 기대했던 사랑을 받지 못했다. 치매 시어머니를 모실 아내의 성화도 귀에 쟁쟁하다. 결국 어머니를 복지회관 앞 베이비박스에 묶어놓은 채 유기한다. 집에서 뜬눈으로 밤을 지샌 다음 복지회관에 가보지만 어머니는 사라지고 없다. 괴로워하던 그는 어머니를 버렸다며 경찰서에 자수를 한다. 어머니는 복지회관 이 층에서 쉬고 있었고, 현기는 어머니를 집으로 모셔온다.

자식이 어머니를 버리는 행위는 범죄이지만 어머니를 모실 방도 없고, 부부가 맞벌이를 하며 열악하게 사는 형편이라면, 치매 걸린 어머니를 방에 가둬놓고 출근하는 등 학대를 하지 않는 이상 흔쾌히 모실 수도 없다. 현기는 어머니를 버렸고, 버린 다음에야 자신의 행위가 심각한 패륜 범죄임을 깨닫는다. 어머니를 유기하는 단계 없이 당연한 태도로 어머니를 집에 모시는 일이 더 윤리적으로 보일지 모른다. 그러나 그것은 성인의 경지에 가까운 이가 택할 수 있는 행동이지 범인凡人의 행위는 아니다. 열악한 처지에서 어쩔 수 없이 어머니를 버리는 선택을 하나의 현실로 인정한 후 그것을 극복하면서 현기의 윤리 의식은 구체적이고 굳건한 기반 위에 서게 된다.

「샬롯과 레핀의 여인들」의 경우 길거리에서 처음 만난 사람들이 어떻게 공감하며 위로할 수 있는지를 설득력 있게 그렸다. 대리운전 기사인 정수는 어느 날 이상한 여자 손님을 받는다. 술에 취한 여자는 목적지를 바꿔가며 정수를 혼란에 빠트린다. "남편 때문에 안 가고 새끼들 때문에 안 갈 거예요. 전화 한 통 없는 남편, 말도 더럽게 안 듣고 약속도 안 지키는 새끼들, 내가 사라져버리면 끝나겠죠? 그러니까 아저씨, 아저씨 가고 싶은 데로 나를 태우고 무작정 떠나버리세요"라고 말하는 여자 앞에서 정수 자신도 아내와 연락이 안 돼 걱정이 되기 시작한다. 여자 손님이 가정생활에서 느낀 불만을 아내와 아이들이 자신에게 품고 있는 것은 아닌가 하는 자책감이 들었기 때문이다.

이렇게 여자는 '대리' 아내의 역할을 맡는다. 또한 정수는 여자에게 대리운전 기사이자 가족 대신 잠시나마 '대리'로 위안을 준다. 여자는 알프레드 테니슨이 쓴 시에서 영감을 받아 그린 존 윌리엄 워터 하우스의 그림 〈샬롯의 여인〉을 언급한다. 사랑을 위해 금기를 어기고 배를 타고 떠나는 여인을 그린 이 그림의 여인처럼 여자는 사랑과 애정을 되찾고 싶어 한다.

여자 앞에서 정수가 떠올린 것은 집 근처 벽에 그려진 일리아 레핀의 〈아무도 기다리지 않았다〉이다.

아내는 정수와 아이들이 자신과 한 약속을 어기거나 자신을 무시한다고 느낄 때면 레핀의 그림을 말하곤 했다. 언젠가 아내는 벽화 앞으로 정수와 아이들을 대동하고 레핀의 그림을 감상하라고 했다. 외출 후 집에 돌아온 여인이 거실에 우두커니 서 있는 그림이었다. 여인 앞에는 아이들 셋이 탁자에 자리를 잡고 앉아 서 있는 여인을 멀거니 바라보거나 놀란 표정을 지어보였다. 왜 왔느냐는, 뜻밖이라는, 기다리지 않았다는 얼굴이었다. 아내는 서 있는 여인을 가리키며, 자신의 처지가 이렇다고 말했다. 아내는 세 아이들이 마치 우리 집의 세 남자와 다를 바 없다고 말했다. 한마디로 말하면 '아무도 기다리지 않았다'는 우리 집을 그린 그림이라고 했다(168쪽).

여자는 그림 속 여인처럼 배를 타고 먼 곳으로 떠날 듯이 차를 물 쪽으로 몬다. 차가 난간에 부딪친다. 정수는 여자를 조수석에 앉히고 다시 운전을 해 집 근처 〈아무도 기다리지 않았다〉가 그려진 벽화 앞에서 멈춘다. 여자의 고독과 정수의 고독이 그림 앞에서 만나 상호 이해에 도달한다. 여자는 정수의 아내가 돌아와 부부가 화해하는 장면을 보며 희망의

빛을 본다.

즉 작가가 지향하는 관계론은 낯익은 혈족이든 처음 만난 타자이든 서로 이해하고 사랑할 수 있다는 믿음 위에 서 있다. 이러한 긍정성은 작가가 결국 도달하는 민중 연대의 굳건한 기반이 된다.

2. 폭력에 맞서는 연대

작가는 여러 작품에서 국가의 이념주의와 자본의 폭력적 이윤 추구에 의해 일어난 폭력을 밀도 있게 형상화했다. 먼저 「학교에 간 삼대」를 보자. 초등학교 육학년인 찬주는 학교 백일장에서 할아버지가 북한에 납치되었다가 간첩죄로 감옥 살이 한 이야기를 쓴 '북에 끌려간 할아버지'로 최우수상을 받는다. 이 글이 교지에 실리기로 했는데, 출판된 교지에는 실리지 않았다. 아이들은 찬주를 '빨갱이'라고 놀린다. 찬주가 전학 가겠다는 말에 놀라 찬주의 아버지와 할아버지는 찬주 학교로 찾아가 글이 교지에서 빠진 이유를 따지다가 납치된 과정을 전교생에게 직접 알리게 된다. 찬주 할아버지가 어업 중 북한에 납치되어 사상교육을 받고 북한 당국이 어부들을 간첩으로 포섭하려는 과정이 사실적으로 그려진다.

요원들과 함께 아침을 먹고 아홉 시가 되자 선원들은 강당에 다시 모였다. 마이크를 든 평화통일 위원회 요원이 '사상교육' 시간이라며 교육을 시작하겠다고 했다. 요원은 "남조선 동무들은 북방한계선을 넘어서 조업한 죄로 여기에 모였다, 위대한 수령 김일성 동지의 뜻을 받들어 벌은 안 주겠다, 그 대신 우리 북조선이 얼마나 좋은 나라인지 공장 구경도 시켜주고 밥 따뜻이 먹이고 잠을 재우겠다, 남조선의 양키 놈들은 오늘도 남조선 청년들을 잡아다가 과녁 삼아서 총 쏴서 죽이고 부녀자들을 잡아서 강간하고 머리도 빡빡 깎고 온몸에 페인트칠을 해서 내쫓는다. 그런 줄 아느냐"고 교육했다.

이런 교육이 사흘 동안 이어졌다. 나흘째 되는 날이었다. 요원이 또 양키놈이 어떻고 부녀자들이 또 어떻다고 썰을 풀려는 순간, 강당 복판에 앉아 있던 심 씨가 말을 가로막았다.

"야, 이 개새끼들아! 너희들 정치가 좋으면 좋은 것만 선전을 해. 내가 지금 마흔이 다 돼 가는디, 내가 태어나서 이 나이 먹도록 살았어. 그란디 생전 듣지도 보지도 못하고, 전혀 상상할 수 없는 거짓말로다가 우리를 꼬실라고 그라요. 입술에 침이나 바르고 공갈을 치시오!"(201쪽).

북한 당국이 일방적으로 주입하는 선전에 반발하던 찬주 할아버지는 귀환한 뒤 출처를 모르는 돈을 받아썼다는 이유로 남한 당국에 의해 간첩으로 만들어진 뒤 십오 년 동안 옥살이를 했다. 그런데다 손자까지 '빨갱이'이라고 놀림 받기에 이른다.

찬주 가족은 남북한의 이념적 군사적 대립 상황에서 납치당하고 억울한 옥살이를 하며 남북한 두 곳에서 국가 폭력을 당했다. 찬주 할아버지가 납북 사연을 진솔하게 토로하자 학생들은 찬주 가족을 따뜻하게 구성원으로 받아준다. 국가가 민중 간 반목을 조장하였지만, 이들 간의 친밀한 소통으로 상호 이해와 연대에 이른 것이다.

찬주 할아버지는 1968년 꽃게잡이를 하다가 납치된 것으로 나오는데 실제로 1968년 연평도 인근에서 조업 중이던 태영호 어부들이 납북된 적이 있다. 그 해에 무장공비 사건이 터지는 상황 변화 등으로 귀환한 어부들이 간첩으로 오인되어 억울한 옥살이를 하는 경우가 빈번했다. 이 작품은 이런 역사 사건들을 배경으로 하고 있다.

「버킷리스트1- 팔문적」 역시 세월호 참사라는 실제 사건을 배경으로 삼았다. 그간 세월호 참사를 모티브로 한 소설이 다수 창작되었다. 잠수사의 관점에서 구조 현장을 사실적으로 바라본 김탁환의 『거짓말이다』나 아이를 잃은 부부가 슬픔을 겪는 과정을 그린 김애란의 「입동」 등 세월호는 지난 오 년간 추모와 고발을 담은 서사적 상상력을 촉발하는 소재였다.

이상실 작가는 개성적인 상상력으로 세월호 소설 목록에 이 작품을 올렸다. 준서는 고교 이학년이었던 딸 수하를 세월호 참사 때 잃고 사 년이 지났는데도 수하의 연락을 기다리며 휴대폰을 꺼내보곤 한다. 수하의 방에 꽂혀 있던 책들도 그대로 놔두었다. 수하의 문학책을 보다가 수하가 필기한 "청산에 살어리랏다 / 바다에 살어리랏다 / 청산과 바다는 이상 세계, 살고 싶다"를 발견하고 혹시 수하도 배를 타고 바다와 청산을 향해 떠났을까? 라고 상상한다. 수하가 세월호를 타고 변산반도를 지날 무렵 재미있게 읽은 소설의 내용처럼 남으로 가서 섬의 '팔문적'을 찾는 것이 자신의 버킷 리스트 1이라고 아버지에게 문자를 보낸다. 소설에서 "신의 선물, 풀잎과 난초의 섬"에 팔문적이 있다는 언급만 있을 뿐 실제로 섬이 있는지 소설적 허구인지 알 수는 없다.

그러나 준서는 수하를 만나러 가듯이 팔문적을 찾으러 초란도라는 섬으로 떠난다. 섬에 살고 있는 오 영감으로부터 소설 내용처럼 팔문적이 존재한다는 얘기를 듣고 온 섬을 찾아 헤맨다. 그러나 팔문적의 행방을 알 수 없다. 오 영감이 들려준 팔문적은 삼백여 년 전 섬의 입향 시조인 임 씨가 키운 해오라기 난초와 관련되어 있다. 난초를 항아리에 넣고 키우자 임씨 가족의 병도 다 낫고 유실수의 열매도 풍성하게 열리는 등 행운이 잇따랐다. 동네 사람들이 그 난초에 관심이 많아지자 임 씨는 섬 어딘가에 숨겨버렸다. 그 이후로 팔문적은 전설로서만 전해 내려왔다.

팔문적을 찾지 못하고 섬을 떠나려는 준서에게 오 영감은 자신이 갖고 있던 팔문적 항아리를 건네준다. 그 항아리는 임 씨가 숨겼다던 팔문적은 아니지만 이십 년 전 오 영감이 만들어 섬의 마지막 해오라기 난초를 넣은 뒤 묻어놓은 항아리였다.

"안에 든 놈은 난촌디, 해오라기 난초. 초란도의 마지막 난초, 마지막으로 죽은 난초를 거둔 거여. 그랑께 이놈은 가짠디, 나한 테는 진짜여. 나하고 우리 마누라는 이 팔문적을 묻어 놓고 희망을 갖고 살았제. 욕심도 안 부리고, 거짓깔 안 하고, 쌈도 안 하고, 달래고, 위로하고, 웃고, 움시롱 살았응께. 이거이 진짜제. 인자 우리는 살 만큼 안 살았소. 한 십 년 전부터 이걸 남한테 선물로 줄라고 마땅한 사람을 이날 입때까장 찾았는디 못 찾다가……."

노파는 머리를 끄덕였다. 오 영감이 준서의 손을 덥석 잡았다.

"인자 제대로 주인을 찾은 것 같소. 얼굴을 봉께 문 씨는 딴 사람하고 달러. 진짜 팔문적을 찾어서 가져야 될 사람 같어. 그랑께 이놈이라도 가져 갈라요?"

준서는 오 영감의 손을 부여잡았다. 눈물을 글썽였다.

"받을 자격도 없는 저에게……."

준서는 연신 머리를 숙였다.

"저는 오 영감님과 여사님께 뭘 드려야 할지……."

오 영감은 너털웃음을 터뜨렸다.

"허허허, 우리는 선물을 이미 받았네. 마음도 받고, 눈물도 받고, 많이 안 받았능가?"

준서의 눈이 먼 바다를 향했다(38~39쪽)

현실에서 수하는 돌아올 수 없고, 진본 팔문적은 어디에서도 찾을 수 없을 것이다. 준서와 오 영감 부부는 처음 만난 사이지만 서로 슬픔과 희망과 위로를 주고받으며, 진짜보다 더 진짜 같은 팔문적을 마음으로 발견한다. 자식을 억울하게 잃은 슬픔이야 부모로서는 평생 가슴에 안고 살아야 할 상처이지만, 타인과 마음을 주고받는 일이야말로 슬픔을 조금이라도 이겨나가는 힘이 될 것이다.

국가의 폭력과 무책임으로 민중은 생존권을 위협받으면서도 따뜻한 연대 의식 속에서 희망을 발견한다. 민중은 국가 폭력뿐만 아니라 자본의 폭력 앞에도 서 있다.

「콜트스트링의 겨울」은 2007년 악기 제조회사인 콜트 악기 부당 해고에 맞선 복직 투쟁(2019년 4월 복직 합의)을 배경으로 한 역작力作이다. 십 년째 부당한 공장폐쇄와 해고에 맞서 복직 투쟁을 벌이고 있는 금속 노조 '콜트스트링'의 노동자들은 우울증에 걸리고, 노숙자로 지내다 죽고, 복직 투쟁을 하다가 옥상에서 투신자살한다.

지금 내가 콜트스트링의 해고자로서 말한다면, 내 역사는 극복되지도 않았고 처참하게 억압당한 거야. 영혼도 없는 역사로 말이야. 자유? 노동의 자유? 웃기는 소리하지 말라고 그래. 자본주의 체제에서 자유는 강한 자의 권리를 옹호하는 수단이 돼버렸고 우리는 성과사회의 노예로 전락하고 말았어. 그것도 일종의 산업재해지. 해고도 실업도 폭력도 죽음도 모두 산재야. 우리가 자유로운 적이 있었나? 우리 사회는 언제나 우리들의 희생으로 걷고 달리면서 돌아가는 거야. 언제나 우리는 '갑'질에 놀아나는 '을'일 뿐이거든. 거 봐, 어떻게 됐어. 콜트스트링 업주가 몇십 년간 몇백억씩 흑자 보다가 한 이삼 년 적자났다고 정리해고를 감행한 거야. 법원에서도 정리해고가 부당하다며 복직판결이 났는데, 결국 필리핀으로 공장을 옮겨 버리고 갈산동에 있는 콜트스트링은 문을 닫아버렸잖아(56쪽).

이처럼 말하는 해고 노동자 윤지는 동료들이 어떻게 병들고 죽어갔는지 지켜보았다. 자신 역시 자신의 신발에 붙인 이름 '달로바'를 신고 달로 떠나는 상상을 하며 자살의 위험에 처해 있다. 윤지는 투쟁하며 신었던 신발 '콜트로바'를 해고 동료 승우에게 남겨두고 사라진다. 승우가 걱정하며 그녀를 수소문하며 찾아다닌다. 그녀는 결국 청와대로 향하는 길거리 집회에 나타나고 승우로부터 '콜트로바'를 건네받으며 복직 투쟁을 함께 한다.

신자유주의가 격화되면서 자본은 이윤 추구의 자유를 마음껏 누리며 인간을 비인간의 상태로 전락시켰다. 이런 상황에서 작가는 노동자들이 절망의 현실 앞에서 서로 고독과 슬픔을 함께하고, 투쟁의 거리에서 연대하는 희망을 그려낸다.

3. 민중의 정치학

민중이란 자신이 생활의 주체가 되어 행복을 영위하려는 공동체의 평범한 구성원을 말한다. 그러나 국가와 자본의 폭력 앞에서 우리 사회의 민중은 행복하지 못했다. 작가는 국가와 자본이 행사하는 폭력의 기원을 우리의 역사와 정치 상황을 통해 면밀히 관찰한다. 그리고 민중이 역사의 주인이 되는 민중주의 정치학을 제시했다.

「폴아카데미의 생활기록부」는 '정실연(정의실천연대)'이라는 시민단체의 회장 후보자들이 의무적으로 수료해야 하는 '폴아카데미' 교육을 배경으로 우리가 지향할 역사의식과 사회상을 진지하게 고민한 수작秀作이다.

회장 후보자인 준태와 만근은 각각 우리 사회에서 진보와 보수(혹은 수구)를 대표하는 인물로 제주의 '4·3'이나 이승만에 대한 평가가 상이하다.

"이 사진은 이승만 사진전에 전시된 사진을 찍은 것입니다. 이 사진까지만 보겠습니다. 보입니까? 〈공비 완전소탕 축하대회〉가 열린 제주 관덕정 광장에서 대통령이 도민들을 향해 연설하는 장면입니다. 연설을 지켜보는 도민들도 보이시죠? 이 광장은 도민의 광장이 아닌 대통령을 위한 대통령의 광장이 되고 말았습니다. 관덕정 일대의 가두시위대를 구경하던 도민들이 경찰과 미군에

의해 총살당한 광장. 피살의 광장에서, 계엄령 선포로 살해된 도
민의 광장에서. 굴속에서, 오름에서, 탄흔지에서, 마을에서 불 타
죽고 총 맞아 죽고 죽창에 찔려 희생된 자들의 부모가 배우자가
자식이 형제가 당숙이 조카가 이웃들이 모인 광장에서. 자국민의
목숨보다 미국의 빵을 중시한 살인 대통령……"(82쪽).

이처럼 준태는 정치인의 권력욕과 그로 인한 폭력성에 저
항하며 확고한 민중 의식을 견지한다. 이러한 태도는 진보와
보수를 막론하고 온당한 태도에 해당하지만, 해방 후 청산되
지 못한 친일파와 이승만을 건국의 아버지로 치켜세우는 '뉴
라이트'에게는 과격한 언사로 비칠 것이다. 만근의 관점이 이
에 가깝다. 만근은 가짜 뉴스를 유포하고, 자신의 편을 대거
선거인단에 끌어들이는 등 수단을 가리지 않고 회장 선거에
서 승리하려는 등 '정의' 없는 권력 의지를 드러낸다. 그러나
결국 두 인물의 폴아카데미 수료 과정을 몰래 지켜본 정중호
에 의해 진실이 담긴 관찰 기록('생활기록부')이 정실연 사무국
에 제출되면서 만근의 역사의식과 정의 없는 권력욕은 저지
된다.

이상실 작가는 일상을 살아가는 사람들이 나누는 공감과 이해를 곳곳에 담았다. 이 작품집을 관통하는 생의 긍정성은 삶이 아무리 고통스러울지라도 오히려 이 고통으로 인해 타자를 이해하고 사랑할 수 있다는 일관된 믿음에서 나온다. 국가와 자본의 폭력이라는 불가항력 앞에서 절망할 수 있지만, 끊임없이 타자와 연대하면서 이를 굳건히 극복해나가려 한다. 이 극복의 과정에서 도달한 것은 민중이 역사의 주인이 되어 권력자의 폭력적인 지배욕에 맞서는 민중의 정치학이다.

한반도에서 일본군이 떠났고 떠난 자리에 미군이 왔다. 자리바꿈을 했다. 미국과 일본은 갈등과 대립을 조장하여 자국의 이익을 위한 수단으로 삼기도 했다. 위정자들은 조롱과 강압과 비상식적인 방법으로 우리들의 삶을 위협하면서 자국민들의 지지를 얻기도 했다.

이 순간도 그들 나라는 우리에게 그러하다.

한국을 강탈하고 한국인을 학살했던 일본이 한국을 백색국가에서 제외했다. 일본의 경제침략이다. 이를 방조하고 묵인하며 침묵으로 일관했던 미국은 한국이 '한일군사정보보호협정'GSOMIA종료를 선언하자 실망스럽다며 즉각 반응했다.

그럼에도 동물국회의사당의 병이 든 금수의원禽獸議員들은

의사당 울타리를 넘어 인간세계에 출몰하는 사건이 잦아졌다. 그들은 바이러스를 퍼뜨리기 위해 모이와 사료를 달라고 아우성이다.

내가 살아남기 위해 상대방을 조롱하고 협박하며, 폄훼, 왜곡, 멸시, 등한시한 사건들이 도처에서 자행되고 있다. 그래서 썼다.

동료를 적으로 몰아 만세를 외치려는 세태를
권력쟁취를 위해 왜곡을 일삼는 비열함을
아내에 대한 무관심과 어머니에 대한 비정함을
이념에 갇힌 채 허우적대는 사회를
돌아오지 못한 자식을 위한 애절함을
복직투쟁을 위한 해고노동자의 존재가치를……

글을 쓰기 위해, 또한 쓰면서 해고노동자들의 투쟁현장에서 함께하기도 했고 4·3유적지를 답사했으며 기층 민중들의 삶의 현장도 취재했다. 매체를 통해 배설된 정치인들의 부정한 행태에 분노하면서 썼다.

작품마다 우리 사회가 흘린 편린들을 담았다.

편린과 편린들을 둘러싼 이편과 그편과 저편 그리고 그 너머에 내포된 의미를 서사에 스며들게 했다. 판단은 독자의 몫이다.

2019년 8월 21일, 해직기자였던 이용마 기자가 투병 중 세상을 떠났다. 권력에 대한 감시와 비판, 사회적 약자들을 대변하고 정의로운 사회를 꿈꾼 기자가 피안으로 갔다. 적폐를 내몰고 공정한 방송을 위해 투쟁했던 그 기자가 지천명에 이른 나이에 우리 곁을 떠났다. 국민은 안중에도 없는 적폐들의 비뚤어진 가슴과 입과 머리와 발걸음을 치유하고 바로 할 기회가 왔는데도 건강을 잃고 떠나버렸다. 슬프기만 하다.

그러나 이제는 유언장이 된 당신의 책을 생각한다.

"세상은 바꿀 수 있습니다"

콜트스트링의 겨울에 봄이 오기를!

2019년 가을

계산동에서 이상실

콜트스트링의 겨울

초판 1쇄 | 인쇄 2019년 9월 20일
초판 1쇄 | 발행 2019년 9월 25일

지은이 | 이상실
펴낸이 | 권영임
편 집 | 조희림
디자인 | 여현미

펴낸곳 | 도서출판 바람꽃
등 록 | 제25100-2017-000089(2017. 11. 23)
주 소 | (03387) 서울시 은평구 연서로22길 16-5, 501호(대조동, 명진하이빌)
전 화 | 010-7184-5890
팩 스 | 070-7314-6814
이메일 | greendeer@hanmail.net

ISBN   979-11-962706-7-4   03810

ⓒ 이상실

값 13,000원

이 책은 인천광역시, (재)인천문화재단, 한국문화예술위원회 지역협력형사업으로
선정되어 발간하였습니다.

이 도서의 국립중앙도서관 출판예정도서목록(CIP)은 서지정보유통지원시스템 홈페이
지(http://seoji.nl.go.kr)와 국가자료공동목록시스템(http://www.nl.go.kr/kolisnet)에
서 이용하실 수 있습니다.(CIP제어번호: CIP2019035180)